官商鬥法

第二輯

之11

權力大黑手

目錄 CONTENTS

第一章

雄獅集團

謝紫閔說：「傅先生，其實我接觸你之前，對你的情況很瞭解，你各方面條件都十分符合我們雄獅集團的要求。其實傅先生你可以再考慮一下，有什麼特殊的條件和要求都可以談，跟你說，我們可是出得起價錢的人。」

北京，駐京辦，傅華辦公室。

看到出現在面前的謝紫閔，傅華愣了一下，他心想：這個女人也真是的，我已經回絕你了，你怎麼還找上門來了。

謝紫閔調皮的皺了皺鼻子，笑笑說：「怎麼，不歡迎我來？」

傅華心說你人都來了，我不歡迎又能怎麼樣呢，便笑笑說：「怎麼會不歡迎呢，請坐。」

謝紫閔坐了下來，傅華給她倒了杯水，問道：「你那兩位保鏢呢？」

謝紫閔笑說：「在下面車裏呢，因為你對她們不太習慣，我就沒讓她們上來。誒，傅先生，你這裏辦公環境不錯啊。」

傅華笑了笑說：「還可以吧。你這次來找我，有什麼事嗎？」

謝紫閔說：「我是來請你的，不過，你別緊張，我不是請你去工作，而是請你去參加我們公司的開業典禮的。」

說著，謝紫閔拿出一份大紅請帖，遞給傅華，說：「我想我的誠意很夠，傅先生應該不會不給我這個面子吧？」

傅華笑了，打開請帖看了看日期，說：「你這個中國區總裁都親自送請帖來了，我如果再不去，那真是給臉不要臉了。」

謝紫閔說：「這麼說，到時候你一定會到囉？」

傅華點點頭說：「一定，恭喜貴公司開業了。」

謝紫閔笑笑說：「謝謝。誒，傅先生，我們公司新開張，目前什麼都還沒上軌道，你可要多多提攜啊。」

傅華笑說：「我能提攜你什麼啊，我可沒你們雄獅集團那麼雄厚的實力。」

謝紫閔語氣懇切地說：「我可沒想要你在資金方面幫我們什麼忙，我只是想說，所謂的入境問俗，我既然到中國來發展生意，必然要遵守這裏做生意的規矩，你在這方面算是行家高手，本來想委屈你到我們公司發展的，沒想到你不肯屈就，所以我只好登門來請益了。」

傅華笑了，說：「這世界沒了我又不是不轉了，我不去，你可以請別人啊。」

謝紫閔坦承說：「我們不是沒想過請別人，但是目前來看，我們還找不到像傅先生這麼優秀的人才。這個職務對我們公司未來發展又很重要，不是隨便找個人就能夠頂用的，所以我們只好寧缺毋濫了。」

傅華笑了，說：「我算是什麼人才啊，我還是第一次聽到有人這麼稱讚我。」

謝紫閔說：「傅先生，你不要這麼妄自菲薄，其實我接觸你之前，已經調查過你，對你的情況很瞭解，你各方面條件都十分符合我們雄獅集團的要求。其實傅先生你可以再考慮一下，有什麼特殊的條件和要求都可以談，跟你說，我們可是出得起價錢的人。」

傅華仍不爲所動，說：「我想我的決定你已經知道了。」

謝紫閔不禁說道：「想不到傅先生還是一個很有堅持的人啊。我有點不明白，海川駐京辦雖然有獨立的辦公場所，但是實際上規模並不大，你這個駐京辦主任的職務和待遇似乎也並不高，爲什麼你就這麼留戀這裏，不肯去我們雄獅集團發展呢？雄獅集團的實力你可以上網搜尋一下，在國際上是數一數二的大公司，我們可以給你的待遇，絕對超出你的想像。」

傅華老實地說：「甘言厚幣，所求必然更多，即使你們開出了天價，我想你們想從我這裏得到的一定更多。說實話，我對此是心存恐懼的，我怕我沒辦法達到你們想要的標準。」

謝紫閔笑說：「原來傅先生是害怕這個職位的挑戰性啊，我看你的年紀比我也大不了多少，不會這麼年輕就變得這麼保守了吧？」

傅華笑了，說：「倒也不完全是這樣，這只是其一，另一方面，我估計你們要我去雄獅集團做的工作，跟駐京辦的工作性質差不多，這種跳槽對我來說，一點意義都沒有。」

謝紫閔聽了說：「原來你是擔心這個啊。其實你這個想法是錯誤的。表面上看，似乎你去雄獅集團，做的也是公關方面的事務，但實際上，這裏面有很大的差別。海川駐京辦目前的運作環境是固定的，而雄獅集團什麼都是草創階段，你不覺得這邊的挑戰性更強一些嗎？其實我們對你這麼感興趣，也和你當初一手建立海川大廈很有關係，我們相信你有充分能力讓雄獅集團在中國有一個很好的開始。」

傅華不禁說道：「你們的功課倒是做得很詳細啊，連我的根底都查到了？」

謝紫閔笑笑說：「雄獅集團做事向來是很嚴謹的，不把你調查清楚，我們又怎麼敢請你啊？你以爲僅僅憑趙凱先生的推薦，我們就會用你嗎？」

傅華說：「看來雄獅集團果然不是浪得虛名。」

謝紫閔笑說：「你開始對我們感興趣了，是不是可以改變你的決定了呢？」

傅華搖搖頭說：「那倒沒有。你笑我保守也好，笑我不願意面對挑戰也好，反正我是不願意轉換這個跑道的。你不懂，別看你們雄獅集團讓我做的工作性質跟我現在的工作差不多，但是實質運作中，卻有著很大的不同。」

謝紫閔不解地說：「我不明白，這裏面會有怎樣的不同？明明做的事情都是一樣的嘛。」

傅華笑笑說：「工作的性質可能是相似的，但做事的人的身分卻改變了。」

謝紫閔困惑的說：「我不太明白你的意思，身分改變有什麼關係嗎？不都是同一個你在做嗎？」

傅華解釋說：「那太有關係了，這有本質上的區別。我現在職務是駐京辦主任，雖然級別不高，仍屬於官員，相對於要去溝通的部門，算是一家人，不看僧面看佛面，那些相關部門總會給我留幾分情面；如果我換了身分，對他們來講，我只是一個私營公司的代表，就不再是一家人了。那我要做的事情，難度就加大很多了。」

傅華看謝紫閔還是不太明白的樣子，就知道她還是不太瞭解中國的官本位制度，也難怪謝紫閔不明白，新加坡是資本主義社會，官員是爲社會的個體服務的，要承擔的責任比他們能夠享受的權力大得多。反過來，在中國，雖然官員號稱是人民的公僕，但事實上，沒有再比官員更牛氣的僕人了。這種僕人凌駕於主人之上，他們享受的特權比他們要承擔的責任更大。

傅華知道這其中的奧妙一時半會很難跟謝紫閔解釋得清楚，就說：「好了，我不跟你解釋了，反正你知道這兩者間是有很大的不同就是了。誒，說說你們公司來中國發展的思路吧？」

謝紫閔說：「目前還沒有什麼思路，集團的意思是，依託集團原來合作夥伴的業務，先在這邊把公司的框架給建立起來，然後尋找適當的發展商機。誒，傅先生，你們海川那邊有沒有好的項目可以跟我們合作的啊?也許你們海川有合適我們運作的項目呢。」

傅華笑了笑說：「我還真沒往這方面想過，你等一下，我拿些招商資料給你看，看有合適的項目我們再來談。」

傅華就去找了一些海川招商的資料，拿給謝紫閔，謝紫閔把資料收了下來，說要回去

研究一下，看看能不能找到合作機會。又叮囑了一次要傳華按時出席雄獅集團的開業典禮，這才離開。

雖然金達很小心的防備，盡力不讓莫克找到什麼藉口對他發難，但是莫克對他的發難還是來了，而且來得還很迅猛。

莫克找到的藉口是海川的經濟形勢，由於國際大環境的影響，海川接連有兩家大企業陷入了經營上的困境。在常委會上研究這件事情的時候，莫克就對市政府提出了很嚴厲的批評。

一開始，莫克的態度還很溫和，他從這兩家大型企業著手，分析了海川市目前整體的經濟形勢，說是雖然目前國際國內的形勢都不好，但是海川市委市政府齊心合力，採取積極的應對措施，對目前惡化的環境還是取得了一定的成效。

莫克講這些話的時候，金達坐在一旁還沒察覺什麼危險，他覺得莫克今天可能只是說一些套話而已，通常這類會議在談到經濟問題都會這麼講的：同志們努力了，取得了不少的成績，但是不要驕傲，目前還存在一些問題，然後就一二三的點出一些不痛不癢的問題，然後是提出解決問題的辦法。

誰都清楚這兩家大型企業之所以經營上陷入困境，完全是因爲國際經濟形勢的驟然惡化，才讓兩家企業的經營難以為繼，陷入困境。這並不是政府或者企業經營策略上的問題。因而金達認為莫克談不出什麼新意來。

但是金達錯了，莫克接下來講的話，跟他想的是截然不同的兩個調子。

莫克很嚴厲的說：「目前海川經濟存在很多問題，首先就是政府對經濟環境惡化造成的企業困境認識不足，沒有引起充分重視，及時的提出有效的拯救措施，造成這些企業難以為繼，從而拖累了海川市的經濟發展，使經濟增速急劇下滑。」

就這一點，莫克舉了海川重機的重組作為例子，認為海川市政府並沒有認真研究海川重機問題的癥結所在，去認真解決這個問題，只是簡單地將海川重機一賣了之。其實海川重機是有很大潛力可挖的，目前不少重機企業效益都很可觀，有的還在國內百強企業的前幾名。既然人家能做到，我們為什麼做不到？把企業賣掉，讓人家拿那塊地搞房地產是很短視的，只有研發生產，才能帶來源源不斷的財富。

莫克說得頭頭是道，好像海川重機真是一個金娃娃，市政府卻沒有發現它真正的價值，就把他賤賣了。

金達對此暗自感到好笑，莫克的理論根本就是似是而非，國內確實有重機企業做得很成功，但是這不代表海川重機也能成功。

這裏面最根本的一點，就是海川重機沒有能夠領導企業走向成功的人才。

企業的興衰，很大一部分原因是在領導者的身上，如果海川重機有強有力的領導人，即使企業陷入困局，也會帶領企業走出困境。但是海川重機沒有這樣的人才，甚至海川市也找不出這樣的人才來。

海川重機的困境就在這裏，領導者的平庸，意味著這家病入膏肓的企業根本就無法挽救了。

當初海川重機跟湯言簽訂重組合同的情形，金達是跟莫克通報過的，當時莫克並沒有發表什麼不同的意見，此刻莫克再把這件事情拿出來重提，似乎有刻意爲之的意思。

金達很清楚當初莫克在這件事上出過糗，他因爲要討好湯言，出面宴請湯言，結果反被海川重機的的工人們圍攻，最後還是自己出面才把事情給安撫了下去。

這是莫克來海川出的大狀況之一，金達卻在這件事上得到了呂紀的讚許，金達覺得莫克一定對此很不滿，此刻拿出這個來說事，應該是有報復他的意圖。

金達心裏暗自搖了搖頭，領導者的思想境界應該有一定的高度，莫克氣量這麼狹窄，真是不配做這個市委書記。

莫克的講話還在繼續，他說：

「第二點是海川市的幹部思想消極老化，坐在固有的成績單上不思進取。同志們想想，我們海川市有多久沒有上什麼大項目了？除了我最近提出的雲泰公路算得上是一個大項目，其他根本就沒有像樣的。這我不禁要問了，我們負責招商的幹部在幹什麼呢？我要提醒這些同志，以往的成績已經是過去式了，你不可能躺在功勞簿上過一輩子，能者上，庸者下，組織上也不會養這些平庸的人一輩子的。」

這次莫克既表揚了自己又批評了別人，雖然他沒點名是哪些人不思進取，但是聽在常委們的耳朵裏，誰都知道莫克在講誰。莫克前段時間就以同樣說法重炮批評了傅華，此刻的話當然還是針對傅華。但是傅華只是一個引子，莫克批評的最終目標還是金達和市政府。

對此，金達感到十分無奈，誰叫傅華惹到了莫克這個氣量狹窄的人呢，莫克要抓住這件事不放，他還真的沒辦法講話的。

之後，莫克針對他提出來的問題，提出了兩點解決方案，一點是要幹部們多動腦筋，積極爲海川市尋找新的項目；二是要求市政府做好對困難企業的輔導工作，爭取讓困難企業重新啓動起來，重新煥發生機，再度爲海川經濟貢獻他們的力量。

講完這些，莫克看了看金達，說：「金達同志，對我講的這些，你有什麼補充的嗎？」

金達心裏直罵娘，你處處針對我還嫌不夠，還讓我來補充?!你是不是覺得我金達是任你擺佈的木偶啊？你就不怕我借這個機會反駁你，讓你下不來台嗎？

金達的不滿到達了一個極點，不過他還是把心中的怒氣強壓了下去，笑了笑說：

「我沒什麼可以補充的，莫書記對我們海川經濟的認識很到位，提出的問題也很深刻，我們市政府方面一定會認真研究您的指示，制定出有力的措施，確保您提出的解決措施落實到位。」

莫克對金達的表態感到好笑，心說：你不是很有本事嗎？還不是一樣被我搞得服服貼貼的。今後你最好乖一點，不然，你就要面對很多像今天這種尷尬的場面了。

莫克又看了看其他常委，說：「大家還有什麼要補充的嗎？」

其他人包括孫守義看金達都沒什麼說的了，自然也都說沒什麼要補充的，這個會議便宣布散會。

散會後，金達回到自己的辦公室，剛坐下來不久，孫守義就敲門走了進來，臉色陰沉的看著金達，說：「市長，您的脾氣也太好了吧？今天莫克所講的都是針對您，您也能忍得下去？」

金達心說：我是不想忍，但是行嗎？如果跟莫克鬧翻的話，呂紀肯定又會批評我，那時候恐怕我受的損害會更大。

金達笑了笑說：「老孫啊，你別這麼大火氣，莫克書記所講的，也都是爲了發展我們海川經濟，也許他說的不是很對，但是出發點總是好的嘛。」

孫守義忿忿地說：「什麼出發點是好的，我看他根本就是居心惡毒。海川重機重組方案他也知道，當時爲什麼不提反對意見，事後卻來找我們的不是?!這樣的做法您還說他出發點是好的，我看您的涵養真是太好了。」

金達無奈地說：「老孫啊，要不我怎麼辦?跟莫克在常委會上吵起來?那樣省委又會覺得是我的不是了。」

孫守義抱不平地說：「那也不能任由他這麼欺負啊，我跟您說，這種人您可千萬不能讓他開了頭，否則他會變本加厲，得寸進尺的。」

金達安撫他說：「老孫啊，你放心，我覺得莫克是個有學識有理智的人，我相信他會知所進退的。」

孫守義愣了一下，說：「市長啊，您沒發燒吧?到現在您還不瞭解莫克的行事作風嗎?他會知所進退，可能嗎?」

金達笑了起來，說：「怎麼不可能，這一點我是很堅信的。」

孫守義搖搖頭說：「我真的不知道您的信心是從哪裡來的，有什麼讓您可以這麼樂觀的事嗎?」

金達笑笑說：「當然了，因爲我知道，就算是莫克自己做不到知所進退，有人也會讓他知所進退的。」

孫守義想了一下，說：「您是說呂紀書記?」

金達點點頭，他其實在從回來的路上，心中就有了對付莫克的主意了。這個主意就在海川重機重組上面。湯言是呂紀介紹來的，但是因為呂紀考慮形象，所以要金達保密，那時莫克還沒到海川擔任市委書記，因此對這個並不瞭解。金達也不想讓太多的人知道呂紀參與了這件事。

莫克到任後，他也沒把情況跟莫克講。莫克只知道湯言的父親很厲害，卻不知道湯言的父親早把這件事託付給呂紀。現在莫克不知死活的把這件事拿出來批評，這給了金達一個找呂紀訴苦的機會，金達準備去省裏找呂紀，把莫克的行為跟呂紀講。

他不能跟莫克公開衝突，但是不代表他不可以把情況反映給呂紀。他倒要看看呂紀對莫克這種故意報復他的做法，抱持一種什麼樣的態度。

金達衝孫守義點了點頭，然後抓起桌上的電話，撥給呂紀。

呂紀接通後，金達便說：「呂書記，我有件事想要當面向您彙報，不知道您什麼時候有時間？」

呂紀說：「這樣啊，好吧，你過來我辦公室吧。」

金達放下電話，對孫守義說：「我現在就去省裏跟呂紀彙報，這邊你多費點心。」

孫守義笑說：「行，您趕緊去吧，這邊我會幫您看好的。」

金達就坐車去了齊州，傍晚時分到了呂紀的辦公室。呂紀正在批閱文件等著他。

看到金達進門，呂紀放下了手中的文件，笑說：「秀才啊，找我有什麼事啊？」

金達苦著臉說：「呂書記，有件事我真的很爲難，沒辦法，只好跑來跟您彙報一下，讓您看看我該怎麼辦？」

呂紀笑說：「什麼事情這麼嚴重啊，坐下來說吧。」

呂紀把金達讓到沙發上坐了下來。

金達看了看呂紀，說：「是關於海川重機重組的事。」

呂紀困惑地說：「海川重機重組的事不是已經定案了嗎？那件事你處理的很好啊，怎麼現在又會難辦了起來呢？」

金達訴苦說：「問題是莫克書記不理解我的做法。」

「莫克？」呂紀不解地說：「這裏面有莫克什麼事啊？」

金達報告說：「按說我不應該跟您說這件事的，但是我擔心莫書記不只是說說而已，如果他想要干預這件事，就會影響到湯言重組海川重機的行動，因此我才來跟您講這件事的。」

呂紀聽了，眉頭皺了起來，說：「他說了什麼嗎？」

金達說：「莫克書記今天在常委會上嚴厲地批評了我們市政府，說我們市政府沒有認真研究海川重機問題的癥結所在，沒有想真正的去解決這個問題，只是將海川重機一賣了之等等許多批評的話。」

呂紀懷疑地說：「莫克真這麼說的？他懂什麼啊，如果海川重機真的能夠挽救，他當初爲什麼不提出來啊？那時候海川重機重組還沒簽約呢。」

金達說：「我不知道莫克書記是不滿意我們市政府的做法，還是爲將來他要做什麼預先做鋪墊。現在海川重機重組還有一些後續事宜要處理，廠區那個地塊，湯言想用來搞房地產開發，不知道莫克書記對此是不是有什麼想法。」

金達這麼說，就有點故意使壞的意思了，他恨莫克太欺負人才故意這麼說的，其實他很清楚莫克說這些只是爲了打擊他，而不敢真的對湯言搞什麼小動作的，湯言的背景足夠威懾到莫克不敢這麼做。

呂紀惱火地說：「真是莫名其妙，已經定案的事他又拿出來要幹什麼啊？他怎麼老愛插手經濟事務，是不是他又跟什麼人達成私下交易了？你跟我詳細說一下，他在會上還講了什麼？」

金達看呂紀生氣了，心中很高興，他此行的目的達到了，相信呂紀一定會找機會狠批一下莫克的。

金達心情放鬆了下來，笑笑說：「其他的也沒什麼啦，只是批評市政府的同志思想消極，我知道他是因爲駐京辦主任傅華前段時間沒能安排好他去見鄭老，心中有所不滿才會這麼講的。」

憑良心講，金達也覺得傅華沒安排好鄭老這件事是有點失職，他說這些，只是因爲呂紀問起來，便隨口講了出來。

但這話聽在呂紀的耳裏卻是另外一番感受，讓呂紀更加不高興了。

湯言的事，呂紀沒有跟莫克打過招呼，莫克還可以說是不知者不罪；而傅華這件事，呂紀可是專門跟莫克講過的，莫克還這麼不依不饒，這對呂紀來說就是刻意的冒犯了。

呂紀不滿地想：這傢伙究竟想幹嘛，難道連我的話他都可以不聽了嗎？這些話如果傳到北京去，那些老領導們會怎麼看我？人家一定不會覺得是莫克的問題，而是認爲我拿人家的話當耳邊風了。這讓我再怎麼去見這些老領導啊？呂紀心中嘆了口氣，莫克這個人還真是爛泥扶不上牆啊。

呂紀看了看金達，說：「秀才，你在常委會上是怎麼反應的啊？」

金達苦笑了一下，說：「我還能怎麼講啊，爲了維護班子的團結，我只能接受莫克書記的批評了。」

呂紀笑說：「秀才，你成熟多了，你這麼做是對的。我不會讓你的委屈白受的。你回去替我帶個話給莫克，讓他明天務必來省裏見我。」

呂紀本來是可以直接打電話給莫克，讓他來齊州的，但他卻故意讓金達帶話給他，這是在變相的向莫克表明，金達跟他更親近一些，從而讓莫克收斂一下這種老是故意找金達麻煩的做法。

只是這下卻苦了金達了，他本來還打算回家跟萬菊團聚一晚上，明天再回海川的。呂紀讓他帶話，他就不敢再在齊州耽擱，於是連夜趕回了海川。

第二天一早，金達就去莫克的辦公室，把呂紀讓他儘快去齊州的話轉達給莫克。

莫克聽完愣了一下，說：「呂書記這是什麼意思啊，他要見我可以電話通知我，怎麼會讓你來轉達啊？」

金達笑笑說：「我昨天正好在省委，呂書記就是這麼交代我的，至於他是什麼意思，您可以當面問他啊。」

莫克碰了個軟釘子，就有點不是滋味了，金達說見過呂紀，他很懷疑金達是不是在呂紀面前說他壞話了，心中就有些急著想見到呂紀。

莫克說：「行，那我馬上趕去齊州。」

莫克匆忙趕到了齊州，沒想到呂紀並沒有在辦公室，只交代秘書說，如果莫克來了，讓他在辦公室等他。

莫克也不敢打電話問呂紀，究竟是有什麼事情找他來，只好老老實實的等在呂紀的辦公室。

這一等就是大半天，莫克在辦公室裏坐立不安，但是呂紀沒說他可以離開，他也不敢擅自離開，只好老老實實的等著。

直到傍晚時分，呂紀才回到辦公室。

莫克看呂紀一進門，臉就陰沉著，一點笑容都沒有，心裏越發的慌亂，趕忙站了起來，陪笑著說：「呂書記，您回來了。」

呂紀沒好氣的看了莫克一眼，沒說話，徑自走去辦公桌後面坐了下來，拿起杯子喝了口水。

莫克小心翼翼的跟了過去，乾笑著說：「呂書記，您找我來有什麼事啊？」

呂紀臉上毫無表情的指了指對面的椅子，說：「坐吧。」

莫克小心的坐了下來。

呂紀看著莫克，好半天都沒說話，氣氛沉悶得嚇人，莫克後背上的汗都下來了，尷尬地笑了笑說：「呂書記，是不是我做錯什麼啦？」

呂紀冷笑一聲，說：「你會做錯事嗎？你這個市委書記很不得了啊，比我這個省委書記都威風很多啊。」

莫克聽了，越發的惶恐，偷眼看了看呂紀的神色，呂紀面沉如水，一副震怒的樣子；莫克只好把頭低了下去，不敢說話。

呂紀冷冷地說：「怎麼不說話了，你不是挺能說的嗎？莫克，你很行啊，我從來不知道你是經濟方面的人才啊，說什麼國內重機企業都發展得挺好的，海川重機為什麼就不行？你行嗎？要不要我把海川重機拿回來給你，你發展個挺好的樣子給我看看啊？」

莫克坐不住了，趕忙站了起來，辯解說：「呂書記，我當時只是對這件事發表一下自己的看法而已，並沒有什麼特別的意思。」

呂紀看著莫克，笑說：「莫克，你當我是三歲的孩子啊，在常委會上講的話能只是發表一下自己的看法而已嗎？你是市委書記，沒有經過深思熟慮，怎麼會在常委會上講這些話？沒什麼特別的意思？海川重機的重組是在你就任後一段時間才定案的，你沒什麼特別的意思，為什麼在定案前不發表自己的看法，偏偏等定案之後你才跳出來質疑，你告訴我你究竟想幹什麼？」

莫克自然不好說他只是想針對金達而已，再次低下頭，不說話了。

呂紀看莫克又不講話了，越發認為莫克心中有鬼，便說道：「怎麼又不說話了，是不是心中有鬼啊？我看你就是別有用心，你是不是又想跟上次舊城改造項目一樣，插手其中，為自己牟取利益啊？」

呂紀這話說得很重了，而且還把上次舊城改造項目的事扯了出來，莫克急叫說：「呂書記，您誤會了，我真的沒那個意思。上次舊城改造項目我真的是什麼都不知道啊。你要相信我，您也看到，爲此我還離了婚。」

呂紀冷笑一聲，盯著莫克的眼睛說：「別在我面前說這種謊話了，究竟是怎麼一回事，你心裏比我還清楚。」

莫克不敢看呂紀的眼睛，他心虛的閃開了呂紀的眼神，說道：「呂書記，我真的沒有。」

呂紀也不想逼得他太狠，就說道：「希望你沒有。不過我警告你，你最好給我老實一點，如果讓我發現你再插手經濟事務，從中謀取個人利益，我第一個就不會放過你。」

莫克尷尬地說：「這您放心，我很自律的，不會有這種事情發生的。」

呂紀哼了聲說：「最好是這樣子。再是，你這次把駐京辦主任的事再拿出來批評是想幹嘛？什麼坐在成績上面不思進取，你什麼意思啊？」

莫克說：「呂書記，我並沒有點名啊。我只是想激勵一下市政府的幹部們，讓他們發揮積極性，爲海川經濟作出新的貢獻。」

「激勵？」呂紀看著莫克說：「你真會爲自己辯解啊。你不點名，別人就不知道你說的是那個傅華了嗎？你有什麼資格這麼說人家？人家起碼還做出了些成績來，你呢，你到海川也有段時間了，你做了什麼成績出來？你還有臉去說人家，先看看自己吧，除了搞了一堆麻煩出來，你還有什麼？」

莫克的臉被呂紀說得一陣陣紅，半句話也說不出來。

呂紀卻並不就此罷休，接著說道：

「再說，我不是讓你不再提這件事情了嗎？這話要是傳到北京那些老領導耳朵裏，會給我造成多壞的影響，你知道嗎？人家不會說你莫克不懂事，人家只會說我呂紀沒有能力管好你們，你讓我哪還有臉去見這些老領導啊。你到底是怎麼回事，我這個省委書記的話你可以當成耳邊風不聽了嗎？如果你覺得你這個市委書記真的這麼厲害，那我真是要考慮一下，是不是需要給你換個位置，清醒一下了。」

第二章

撈錢的方法

我這輩子好不容易才遇到這麼一次機會，
可不能就這麼白白的放過了，不然後半輩子要怎麼活啊？
可是要怎麼去撈，莫克心中並沒有底。
雖然他也聽說過別人撈錢的方法，但是真正要實踐起來，卻還是有一定的難度。

莫克一聽嚇壞了，現在支撐他所有信心的，也就只有市委書記這個職務了，如果沒有了這個職務，他就什麼都不是了。他趕忙道歉說：「對不起啊，呂書記，我錯了。我以後再也不敢了。」

呂紀說：「你跟我說對不起有什麼用啊，惡評已經被你造出去了。」

莫克尷尬地說：「那呂書記想要我怎麼改正這個錯誤啊？」

呂紀看著莫克，說：「我要你親自跟傅華道歉，向他承認你對他的這些批評是錯誤的，是因爲他沒能安排你見到鄭老，所以你挾怨報復，然後請求他的原諒。」

莫克有點傻眼，呂紀這一手真是夠狠的，讓他這個市委書記親自跟一個下屬道歉，還要請求人家原諒，這等於是把他的臉皮剝下來，放在人家腳下讓人踩啊，那今後他還有什麼顏面去領導別人呢？

莫克乾笑了一下，說：「呂書記，這麼做不好吧？如果這麼做，我這臉還往哪兒擱啊？」

呂紀笑笑說：「是啊，我知道這麼做會讓你有點下不來台，但是我給過你下台的機會了，你卻根本不要。」

莫克懊惱地說：「那是我一時糊塗，呂書記，你再給我一次機會吧。」

呂紀說：「你以爲我在幹什麼，我現在就是在給你改正的機會啊，看你做不做吧？」

莫克偷眼看了一下呂紀，正好碰到呂紀也在看他，呂紀的眼神森冷，讓他心中一寒，他知道如果他說不做的話，呂紀甚至可能拿掉他的市委書記職務。算了，不就是道個歉嘛，多大點事啊，低低頭就過去了，頂多是面子受損，又沒損害到什麼實質性的利益。

莫克下了決定說：「呂書記，我找傅華道歉就是了。」

呂紀卻步步進逼地說：「你同意道歉了是嗎？那行，你當我的面給傅華打電話，我要親口聽到你跟他道歉。」

莫克心說：殺人不過頭點地，你這麼做是不是也太過分了？不過，他沒有什麼可以對抗呂紀的本錢，轉念一想，既然已經準備要低頭了，索性就低個徹底，做個樣子給呂紀看，省得呂紀不信任他。

想到這裏，莫克便點點頭說：「行，呂書記，我這就打電話給傅華。」

莫克撥通了傅華的電話，傅華這邊眼見就要下班，突然看到莫克的電話打來，心裏就有點慌張。

他知道昨天莫克在常委會上批評他，此刻他打電話來，難道是又想找他什麼麻煩嗎？傅華心裏打起鼓來，卻不能不接，便接通了莫克的電話，笑笑說：「莫書記，您打電話來，是有什麼指示嗎？」

莫克遲疑了一下，讓他對傅華道歉，這個口還真是不好開，可是呂紀還在看著他呢，於是他長吸了一口氣，說：

「傅華同志，我給你打這個電話，並不是有什麼工作上的指示，而是對我這段時間對你的批評表示歉意。對不起，我對你的那些批評並不是事實，而是我因爲度量太小，對你沒能幫我安排見到鄭老心懷不滿，這些批評完全是挾怨報復。呂書記知道後，嚴厲的批評了我，讓我認識到我這麼做是錯誤的。所以我特地打這個電話來跟你道歉，希望你能原諒我。」

「莫書記，您這是跟我道歉？」

傅華被莫克突如其來的道歉給搞懵了，一時之間，腦子裏有點反應不過來。

莫克心裏氣得要命，心說：我的話說得這麼清楚了，你這傢伙還裝什麼糊塗啊？這不是故意給我難堪嗎？

莫克一肚子火卻無法發作，便乾笑了一下，說：「是的，傅華同志，你沒聽錯，我是在跟你道歉，你能原諒我嗎？」

傅華這才反應過來，趕忙說道：「莫書記，您無需要跟我道歉的，上次確實是我的工作沒做好，您批評的對，跟我道什麼歉啊。」

傅華這麼說，莫克心中越發惱火，你是聽不懂人話啊，我不是說了是呂紀逼著我跟你道歉的嗎？這樣你還聽不明白嗎？呂紀逼著我跟你道歉，我敢不道歉嗎？既然我都跟你道

歉了，你就老老實實的接受，說聲原諒不就行了嗎，磨磨唧唧的幹什麼啊？氣死我了！哎，算了，演戲演全套，我就把戲做足了吧，於是莫克咽了口口水說：

「不是的，傅華同志，鄭老是老革命了，對我們東海省和海川市都是做過很大的貢獻的，他老人家現在身體不太好，我是不應該還堅持要見他的。更不應該的是，事後我還把無法見到鄭老的責任遷怒在你身上，這我確實是做錯了，應該向你道歉的，我這可是誠心誠意的。你如果再說什麼錯在你身上，那我真是要無地自容了。」

「不是，莫書記……」

傅華還真是不知道該說什麼才好了，說接受道歉，對方是市委書記，他的上級領導，接受的話，顯然是一種僭越行爲；說不接受吧，莫克已經講明是呂紀讓他這麼做的，他不接受，恐怕呂紀那邊莫克交不了差。

傅華遲疑半天沒有作答，倒是給了莫克找臺階下的機會，他笑笑說：「行了，你不說話，我就當你接受我的道歉了。」

講完這句話，莫克捂住了話筒，問身邊的呂紀：「呂書記，您看我這麼做可以了嗎？」

呂紀笑了笑說：「行了，你把電話給我吧。」

莫克就把手機遞給呂紀，呂紀接過來說：「傅華同志啊，我是呂紀。」

傅華沒想到呂紀就在莫克身邊，愣了一下之後，趕忙說：「您好，呂書記，剛才您讓莫書記跟我道歉，真是沒必要的，我工作做得確實不夠好，莫書記批評我也是應該的。」

呂紀笑了笑說：「傅華同志啊，你不要覺得作爲市委書記的莫克同志跟你道歉而心裏不安，他做錯了就是應該道歉的。鄭老是爲革命事業做出過卓越貢獻的老革命了，現在身體不好，不能見下面的同志，我們應該理解，無論從哪個角度講，莫克也沒有理由對此心生不滿的，更不應該報復在你的身上。這件事，我聽說鄭老已經知道了，他老人家身體不好，我不好去打攪他，你替我跟他說一聲抱歉吧，就說我呂紀沒有管好手下的幹部，惹他老人家生氣了。」

傅華聽了，更加惶恐地說：「呂書記，這不關您什麼事的。」

呂紀笑笑說：「怎麼不關我的事啊？莫克是東海省的幹部，他做的事我有一份責任的。行了，傅華同志，你不要覺得不好處理這件事，你就幫我把話帶到就行了，這個你可以辦到吧？」

傅華立即說：「話我肯定幫您帶到。」

呂紀說：「那就行了。誒，鄭老的身體現在恢復得怎麼樣了？」

傅華回說：「恢復得挺好的，只是上了年紀，總是不如以前了。」

呂紀感慨說：「是啊，上了年紀的人都是這樣的。你替我問候他老人家吧，就說東海的同志很想念他，如果他身體允許的話，還是希望他能回東海來看一看。」

傅華趕忙說：「呂書記，謝謝您，您的問候我一定會幫您轉達的。」

呂紀說：「那就這樣吧。」

傅華說：「再見，呂書記。」

呂紀掛了電話，把電話還給莫克，然後瞟了眼莫克，說：「這些老領導，連我這個省委書記都得敬著他們，以後你長點眼色吧，別再去惹這種你惹不起的人了。」

莫克看連呂紀都對傅華這麼客氣，心中清楚傅華的背景他確實是招惹不起，便點點頭說：「對不起啊，呂書記，我以後再也不會做這種傻事了。」

呂紀訓斥說：「你知道是傻事就好。還有啊，以後你在工作上要多跟金達商量，他在工作方面比你經驗豐富，不要沒事找事的去針對金達，要注意班子的團結。金達不去跟你對著幹，不是因爲他怕你，而是爲了維持班子的和諧。你給我心裏有點數，別再搞事了。知道嗎？」

這一次莫克徹底蔫了，低著頭說：「我知道了，呂書記。」

呂紀說：「那你回去吧，晚上我還有個活動要參加，就不留你了。」

莫克頹喪地說：「那我走了，呂書記。」

呂紀揮揮手說：「行了，走吧。」

莫克就離開了。

呂紀在背後看著莫克垂頭喪氣的背影，暗自嘆了口氣，這次他算是狠狠地掃了莫克的面子，本來他也不想讓他這麼下不來台的，但是他發現莫克這個人就是給臉不要臉的那種，你不狠狠地敲打他一下，他就不知道疼，不知道怎麼做才是對的，希望這一次莫克真的能醒醒腦子。

說到底，呂紀還是想讓莫克儘量在市委書記的位子上維持長一點時間，這樣他這個推薦人也不會太丟面子，可是看現在莫克的所作所為，他覺得這是一個很難的任務。也是邪門了，莫克成了市委書記後，竟然性情大變，一改在省委時那種處處與人為善的作風，變得處處愛跟人找麻煩。

誠然一個官員要想在官場上站穩腳跟，便一定會跟別人有所鬥爭，但是這並不代表你要處處找人麻煩。鬥爭是一門很高的藝術，需要拿捏好分寸，動作太大了不行，一味的妥協也不行。

莫克就是那種既沒大智慧，卻又不好好守本分的那種人，這種人往往自以為聰明，實際上卻是最傻。

他不知道自己的身分定位在哪裡，他能出任市委書記，本來就是一個過渡性的安排，是各方面利益權衡下的結果。如果他本分些，省委即使不能讓他多做幾屆市委書記，也會覺得虧欠他，必然會在安排上對他做一些補償。

偏偏這傢伙自以爲是，覺得他這個市委書記是憑自己本事得來的，一上來就搞東搞西，想要顯擺他的本事，結果成績沒做出多少，麻煩倒是惹了一堆。呂紀臉上不禁浮現出一絲苦笑。

這次呂紀用重錘狠狠敲了莫克一下，希望能敲醒莫克，然而，這反而讓莫克滑向了相反的方向。莫克雖然在呂紀面前表現的很溫順，內心卻因爲呂紀對他的羞辱，更加恨死了金達和傅華。

特別是對傅華，莫克認爲被逼著跟傅華道歉簡直就是奇恥大辱，他所有的威信都在這次道歉中喪失殆盡了，以後他要如何領導傅華啊?!不要說領導了，他現在都不知道該以何種面目再去跟傅華打交道好了。

此外，傅華肯定會將道歉的事跟金達講，金達知道了，一定會在背後偷笑的。一想到這個，莫克的臉立即燒了起來，有種無地自容的感覺。

在回去海川的路上，莫克的臉一直陰沉的嚇人，心中暗自不知問候了多少遍金達和傅華的十八代祖宗。

傅華下班後直接去了鄭老那裏，呂紀不比其他人，他打電話來交代的話，必須儘快跟鄭老說，看鄭老有什麼反應。

傅華便把莫克打電話道歉以及呂紀的問候都轉達了，鄭老聽完笑了笑，說：「呂書記這人還真是客氣啊，還記掛著我這個老頭子。」

傅華看著鄭老說：「爺爺，是不是您對他們施加什麼壓力了？」

鄭老搖搖頭，說：「不需要我給他們施加什麼壓力，自然有人會看不過眼說話的。如果我猜得沒錯的話，應該是程遠找過呂紀了。怎麼，你覺得不好嗎？」

傅華苦笑了一下，說：「我知道他們是給爺爺您面子，可是，叫一個市委書記專門跟我打電話道歉，我心裏總覺得不踏實。特別是這個莫克還是個氣量很狹窄的人，我不知道他會不會再想辦法報復我。」

鄭老聽了說：「這個你不用擔心，呂紀既然出面了，他一個市委書記不敢玩花樣的。回頭我會打個電話給呂紀，人家既然給了我面子，我也需要謝謝人家的。還有啊，莫克打電話跟你道歉的事，不要跟別人講，這事不傳出去，還能給他留幾分面子，一傳出去的話，恐怕他就要顏面掃地了。」

傅華點點頭說：「我不會這麼多嘴的，只是官場上沒有能保得住的秘密，恐怕這時候東海政壇上已經開始議論這件事了。」

鄭老說：「別人議論你不用管，你就管好你自己就行了。」

傅華說：「我知道了。」

鄭老又笑笑說：「小莉最近怎麼樣了，有沒有發你脾氣啊？」

傅華回說：「一切都很正常，只是腿有點浮腫，有時候她會有些煩躁，不過我都還能接受。」

鄭老笑說：「這時候你就多讓讓她吧，等孩子生下來，她的脾氣就沒有了。行了，你趕緊回去陪她吧。」

傅華說：「行，爺爺，那我就回去了。」

莫克趕回海川家裏已經是晚上十點多了，這一路走了四個多小時，他慢慢冷靜了下來，心中就產生了疑惑，如果說傅華這邊是有人跟呂紀打了招呼，呂紀不得不這麼做的話，那海川重機那邊，呂紀為什麼發那麼大火啊？這裏面是不是有什麼自己不知道的東西呢？

莫克越想越覺得不對勁，按說單單為了傅華，呂紀不應該那麼羞辱他的，傅華背後那些人雖然厲害，卻都是老幫菜了，呂紀應該沒那麼在乎他們的。這裏面一定是有什麼傷害了呂紀利益的地方，呂紀才會這麼惱火的。

莫克心裏就有些慌亂，如果他真的損害了呂紀什麼利益，那他這個市委書記可真的幹到頭了。

莫克很想弄清楚究竟是怎麼一回事，想來想去，就想到了方晶身上去，他覺得方晶應該知道點什麼。

看看表，這個時間正是俱樂部最熱鬧的時候，他就把電話撥了過去。

方晶看到手機顯示的號碼，遲疑了一下，上次莫克來北京，她已經看出莫克有跟她表白的意圖，只是因爲女兒突然出了狀況，話才沒說出口。現在莫克再次打來電話，是不是又是想跟她表白呢？

方晶猶豫了一下，心想：要不就讓他把話說出來算了，自己好直接回絕他，省得他老是想著這件事。方晶就接通了電話，說：「老領導，找我有事嗎？」

莫克乾笑了一下，說：「方晶啊，我有件事要跟你打聽一下。」

方晶聽莫克的語氣很乾澀，不像是要表白的樣子，怕是真有什麼重要事，就笑了笑說：「什麼事啊？」

莫克說：「是這樣子的，我想問一下，你知不知道湯言在做海川重機重組這個案子的時候，有沒有找過東海省裏的哪位領導啊？」

方晶笑說：「哦，你問這個啊。這我知道，他父親親自出面找了你們東海省的省委書記呂紀。」

「什麼，湯言的父親出面找過呂紀了？」莫克驚叫道。

方晶詫異地說：「對啊，怎麼了？」

一切都有了解釋了，湯言的父親是當權的重要人物，他親自出面找過呂紀，那呂紀一定會極爲重視這件事的；金達和孫守義肯定是在呂紀的授意之下，才將海川重機重組交給湯言去辦的。

難怪昨天自己批評金達，金達還一副老神在在的樣子，金達根本就知道自己對他的批評是自觸霉頭。

也是，自己拿什麼做切入點不好，偏偏挑了海川重機重組這件事，真是運氣背到極點了。

莫克不禁抱怨說：「哎呀，方晶，這麼重要的事，爲什麼你不早點跟我說啊？」

方晶失笑說：「怎麼回事啊，你不會是想找海川重機重組的麻煩吧？」

莫克苦笑說：「我倒是沒想要找海川重機重組的麻煩，我只是想拿這件事敲打一下金達而已，結果被呂紀好一頓臭批，罵得我灰頭土臉的。」

方晶心裏暗自好笑，她一點都不同情莫克，反而覺得莫克是自己沒事找事，她想：你這不是找罵嗎？海川重機重組都已經定案了，你又翻出來幹嘛，活該你被省委書記罵。

方晶笑了笑說：「我怎麼知道你會拿這件事說事啊？」

莫克說：「慘了慘了，這下子我得罪呂紀了。這可怎麼辦啊？」

方晶安慰說：「老領導，你不用這個樣子，得罪你們省委書記又不是天塌了下來，有必要嚇成這個樣子嗎？」

「方晶，你不懂，省委書記對我這個市委書記來說，那就是天。下一步還不知道他要怎麼擺佈我呢?!我也是的，怎麼就中邪了，非提這件事情幹嘛啊？」莫克自責地說。

方晶覺得又好氣又好笑，這傢伙還真是沒有擔當，人家呂紀還沒說要對他怎麼樣呢，他就嚇成這個樣子了。

方晶安撫說：「好了，老領導，錯都錯了，後悔也沒用，想辦法改正就是了。」

莫克嘆了口氣，說：「現在也只好這樣了。好了方晶，我就問問你這件事而已，就這樣吧。」

方晶笑了笑說：「那行，就這樣吧。」就掛了電話。

此刻的莫克也沒心情跟方晶繼續聊天，當然更沒有心情向方晶表白了。

這邊的莫克再也坐不住了，像熱鍋上的螞蟻一樣在屋裏轉著圈，腦子裏亂成了一鍋粥，轉了半天也沒轉出個頭緒來。

第二天一早的書記會上，金達看莫克臉色鐵青，兩眼烏黑，不禁暗自好笑，知道莫克

一定是被呂紀狠批一通，才會這麼一副失魂落魄的樣子。

莫克也看了一眼金達，雖然金達的表情很平淡，既不像高興也不想生氣的樣子，可是他總覺得金達一定在心裏嘲笑他的愚蠢，嘲笑他搬起石頭砸了自己的腳。莫克心裏恨得牙癢癢的，卻也不敢再去惹金達。

他想了一個晚上，最後想到的主意也只能是向金達服軟低頭，承認他在海川重機重組上的發言是錯誤的，從而換取呂紀在這件事上原諒他。

莫克衝著金達笑了笑，說：「金達同志，我要向你道歉啊，前天我在常委會上講的關於海川重機重組的話很草率，經過全面的思考，覺得你和守義同志對這件事的處置是很恰當到位的，我那種說法根本就站不住腳。在這裏我向你說聲對不起，希望你心裏可別對我有什麼意見啊。」

金達對莫克的表態一點都不感到意外，他清楚呂紀一定說過莫克了，就笑笑說：「莫書記，您真是太見外了，您也是爲了工作嘛，我會有什麼意見啊。只要您對我們的工作有一個公允的評價，我就很高興了。」

莫克心裏罵道：你這傢伙真是得了便宜還賣乖啊，明明是你陰我的，你知道呂紀書記關心過這件事，卻不提醒我，反而在我說了你之後，跑去省裏告我的狀，害得呂紀對我暴跳如雷，罵得我狗血淋頭，現在卻跟我說什麼得到公允評價你就很高興了。狗屁！我是給你不公允的評價嗎，我是向呂紀書記低頭，可不是向你低頭的。

莫克心中恨透了金達，卻無法發洩出來，只好笑笑說：「我們這些做領導的應該實事求是，做錯了就是做錯了，應該道歉的。」

書記會結束後，莫克先出了小會議室，副書記于捷跟在金達後面，打趣說：「市長，今天是怎麼回事，怎麼我們的書記大人竟然改性跟您道歉，太陽是不是從西邊出來了？」

金達不方便說是莫克被呂紀狠批了一頓，只好笑笑說：「還能是怎麼一回事啊，我們的書記大人開始有反省能力了嘛，這是好事啊，是不是，老于啊？」

于捷笑說：「市長，您可沒說實話啊，當我真的不知道啊，莫書記和您先後去了省裏，這裏面一定是發生什麼事了。」

金達不好一點內情都不跟于捷說，那樣就顯得他跟于捷之間有隔閡了，反正于捷很快就會從省裏得到莫克被呂紀狠批的消息，就含糊地說：

「我就是跟呂書記彙報了一下莫克書記在常委會上的講話，呂書記對此很不滿意，就讓我把莫書記請去省委，估計莫克書記是挨批了。」

于捷開心的笑了，莫克來海川之後，搞東搞西的，一門心思的想辦法整人，弄得海川這些幹部們都很緊張，于捷也是這樣，他為了一個縣委書記跟莫克打招呼，竟然碰壁，一點面子都不給他這個副書記留，此刻聽到莫克在呂紀那裏受了重批，心裏別提多舒暢了。

于捷幸災樂禍地說：「不用估計了，你看看莫書記那張像死了娘一樣的臉，就知道肯定是這樣的。」

金達語帶保留地說：「老于，你這話可是說的有點不厚道了。」

于捷冷哼說：「我就是要不厚道，我早就受夠他了，巴不得他早一點滾蛋呢。」

金達皺了一下眉說：「誒，老于，話可不能隨便講，傳到莫書記耳朵裏就不好了。」

于捷不以爲意地說：「傳就傳吧，我不在乎。」

金達勸說：「老于，話雖這麼說，不過，被省委知道了，對你還是不太好吧。」

于捷點了點頭，說：「這倒是，這傢伙很愛搬弄是非，我是該注意一點，別讓他有機可趁才是。」

回到自己辦公室，孫守義已經等在那裏了，一見金達，孫守義便說：「市長，我聽省裏的朋友說，莫克被呂書記狠狠地訓了一頓？」

金達意外地說：「消息傳播的這麼快啊？」

孫守義點點頭說：「這種消息當然傳播的很快啦。您知道呂書記批評他什麼嗎？」

金達說：「具體說了什麼，我不在現場，不很清楚，我只知道呂紀書記對莫克把海川重機重組拿出來說事很不高興，估計也是與此有關吧。」

孫守義笑說：「這是莫克自己不知道死活，活該他被呂書記狠批一頓。」

金達說：「莫書記已經知道他犯了一個多麼愚蠢的錯誤，今天在書記會上，還特地爲這件事跟我道歉，說我和你處置海川重機的措施很正確，他在常委會上的那些說法是錯的。」

孫守義聽了，哈哈大笑說：「這傢伙真是有意思啊，我猜他是知道了這裏面呂書記也有參與，不然的話，他是不會這麼卑躬屈膝的跟您道歉的。」

金達說：「我想應該是吧，這下好了，他知道我們背後有呂書記的支持，估計他再也不敢處處針對我們了。」

孫守義懷疑地說：「這倒很難說，您沒發現嗎，他要是上來蠢勁了，什麼事都做得出來的。」

金達笑笑說：「那就隨便他了，我想呂書記對他的容忍度已經到了極限，如果他再犯傻，倒楣的就可能是他自己了。」

孫守義看了金達一眼，他感覺金達這句話傳遞出來一個很珍貴的信號，那就是呂紀已經有放棄莫克的想法了，而且這個想法，可能呂紀也在金達面前表露了出來。

這對金達和他，都是一個利多的消息，相信今後市政府的工作會更好開展，不用再受莫克這個蠢貨的欺負了。

也不知道是不是心病的緣故，莫克自從挨了呂紀的罵後，再看身邊的幹部，心裏總覺得這些人呈現在他眼中的笑容，包含了幾分譏誚。

莫克十分惱火，卻無處可以發洩，還得笑臉示人，因為他擔心如果他露出一副垂頭喪氣的樣子，傳到呂紀耳朵裏，呂紀一定會認為他對他心生不滿，那樣呂紀對他可能會更生氣。

強作笑臉的同時，莫克深深地意識到，不管呂紀怎麼維護他，他在呂紀心目中的地位還是差金達太遠太遠了，呂紀維護他僅僅是為了顧全推薦人的面子，其實呂紀真正在乎的是金達。

這是莫克心中最恐懼的一點，到現在為止，他始終沒有獲得呂紀真正的信任，也就是說，呂紀隨時都可能拋棄他。

這太危險了，現今的社會最是現實，權在勢在，權去勢亡，一旦他沒有了海川市委書記這個職務，那他就徹底的完蛋了。他不能這麼坐以待斃，必須趕緊利用手中的權力為自己撈取一點什麼好處。

莫克覺得自己最吃虧的就是，他做市委書記這段時間以來，自己從來沒有享受到什麼，唯一享受的，就是跟束濤去玩了一次女人。他從束濤那裏撈到的一些好處，則全部送進了朱欣那個無底洞了。如果這時候呂紀撤掉他市委書記的職務，那他豈不是竹籃子打水一場空？

這可不行，我這輩子好不容易才遇到這麼一次機會，可不能就這麼白白的放過了，我必須想辦法爲自己撈點什麼才行啊，不然下了台兩手空空，後半輩子要怎麼活啊？

可是要怎麼去撈，莫克心中並沒有底。雖然他也聽說過別人撈錢的方法，但是真正要實踐起來，卻還是有一定的難度。

最根本上的一點，是他沒有一個可以信得過的人來給他做過渡，也就是說，他需要一個白手套來幫他拿錢，這樣錢經過白手套的手才會乾淨，他也才敢去花這筆錢。好比朱欣就是他和束濤間的白手套一樣。出了什麼麻煩，他可以都推到朱欣的身上。

莫克可不想錢還沒花到，人就被抓了進去。這世界上遍地都是黃金，但是錢也要有命花才行，在撈錢之前，他必須爲自己上一道保險才行，不然的話，他寧願不撈這筆錢。

但是這個能讓人信得過的白手套很難找，束濤雖然跟他合作的不錯，也幫了他不少忙，但要是把束濤當做是可信賴的夥伴，那可就大錯特錯了。說到底，束濤也就是個精明透頂的商人，這種人眼中只有利益，沒有什麼忠誠度可言。那他該找誰來做這個白手套好呢？

莫克心中早有了一個理想的人選，但是這個人目前不太可能答應他，如果他能答應他做這個白手套的話，那不但可以解決他眼前的困境，還能帶給他一個幸福的未來，實在是一件再美好不過的事了。

莫克想的這個人，自然就是他的女神方晶了。

現在莫克已經不敢期待方晶能被他的真情打動，既然得不到方晶的心，能得到她的身體也不錯。

他最近接觸方晶的時間不算少，他可以感覺到方晶對他的態度很敷衍，顯然方晶並不欣賞他，他能打動方晶的，可能只有他帶給方晶的利益了。

現在的關鍵是，他能拿出什麼樣的利益來打動方晶？

對此，莫克心中很有信心。這個信心就是來自於那個即將被發改委批覆下來的雲泰公路項目，如果把這個項目的主導權拿到手，從中可以獲取的利益十分可觀。將近二十億的工程，怎麼說也能從中撈個幾千萬。

現在他要做的，就是靜待項目的批覆，一旦批覆下來後，他就可以跟方晶探討要如何處理這個項目，自然也就能把美人擁入懷裏了。

就像莫克知道雲泰公路項目是塊肥肉一樣，很多人也知道這一點，莫克心中還在打他的如意算盤呢，已經有人把如意算盤打到了他的身上了。

這天晚上，莫克下班後沒什麼應酬，就在食堂吃了點東西，回到家，九點多，正準備沒什麼事洗洗睡呢，束濤的電話打了來。

束濤邀他說：「莫書記，今晚咱們出去放鬆一下如何？」

一聽說要放鬆，莫克馬上就心神一蕩，他早就渴望束濤打這個電話來了。從上次兩人玩過一之後，束濤隔了好久都沒再打電話過來，他又不好主動打去，讓莫克這段時間真是憋得夠嗆。

莫克又想到孫守義和金達，他們兩個老婆都不在身邊，金達還好，老婆在齊州，真的想了，可以跑回齊州去團聚一下；但是孫守義就不行了，老婆在北京，要見面非得坐飛機回北京不可。

他很懷疑孫守義在海川有情人，相對金達來說，孫守義長得英俊瀟灑，爲人又比金達靈活圓通，是那種本來就很討女人喜歡的類型；而且聽說孫守義的老婆很醜，這樣一個男人如果沒有出軌，簡直是大大有悖常理。莫克深信，他一定把情人隱藏的很深，讓人沒發現而已。

雖然心裏很想去，但是莫克知道束濤這種生意人，無事獻殷勤，非奸即盜，他必是有所圖謀，因而莫克沒有馬上就答應，笑了笑說：「束董，是不是又有什麼事要我辦啊？」

束濤卻說：「沒什麼事，我只是覺得好久沒跟您出去玩了，所以就想約您。」

莫克心說：沒事才怪，他才不相信束濤會這麼好，沒什麼事會請他去玩，就說：「真的嗎？」

束濤笑笑說：「也是有點小事想跟您聊一下啦，順便放鬆一下，我就在樓下，您出來吧。」

束濤承認有事，莫克反而放鬆下來，如果束濤藏著不肯說，那他可真要擔心束濤搞什麼鬼了。既然明說有事，反而事情不會太讓他爲難。

莫克便說：「你等一下，我馬上就下去。」

莫克穿好衣服，下了樓，剛到樓梯口，不遠處就有一輛車開了過來，司機正是束濤。

莫克看看周圍沒有人注意，上了車，束濤把車子開向和上次去的那個城市相反的方向去。

莫克對此很滿意，夜路走多了總會遇到鬼，若是老去同一個地方，碰到熟人的機率就高了很多，那樣就不安全啦。

車子飛快地駛出了海川市區，莫克笑笑說：「束董，你不是想跟我聊聊嗎？聊什麼啊？不會是又看上哪個地方的地塊了吧？」

束濤說：「不是的，我是想問莫書記，雲泰公路項目是不是快要批下來了？」

莫克愣了一下，他沒想到束濤竟然也會對雲泰公路項目感興趣，這可不行，他對雲泰公路項目寄予厚望，他下半輩子的幸福可都在上面呢，絕對不能讓束濤染指。

可是他也不好峻拒束濤，畢竟兩人間還有著見不得人的交易，如果立刻拒絕，莫克擔心會讓束濤對他心生不滿，便皺了一下眉說：

「這個我也不知道啊，應該還有些時日吧。你知道發改委要批的項目很多，雖然有領導答應幫忙，但是能不能真的通過，什麼時間批下來，都很難說的。」

莫克這些話是故意講給束濤聽的，想要束濤聽了後覺得項目沒什麼眉目，就不會再繼續談論這個話題下去了。

偏偏束濤就是不知趣，他既然起了話頭，就不想被莫克給堵回去，便笑了笑說：「可能書記您還不知道吧，這個項目很快就會批下來了。」

莫克愣了一下，說：「這消息你是怎麼知道的？準確嗎？」

束濤說：「是我一個朋友在發改委那裏有關係，他從他的關係那裏聽到的。您放心，絕對準確。」

束濤竟然到發改委去打探消息，可見他對這個項目早就上心了，這傢伙還真是老謀深算，莫克後背泛起了陣陣涼意。

這讓他有點害怕，是不是他的每一步行動都在束濤的算計之中呢？這種感覺令人很不舒服。如果讓束濤插手，那就要打亂他的全盤計畫了。

莫克冷笑一聲說：「束董，想不到你還真是有心人啊，是不是在建議我搞這個項目的時候，你心裏就有什麼打算了？」

束濤聽出了莫克的不滿，趕忙解釋說：「莫書記，您可別誤會，我那時候根本就沒想過還會爲這件事找您的，您也知道，我們城邑集團的主要業務是房地產開發，不是路橋建設，我和我的公司對此並沒什麼興趣的。」

莫克臉色這才緩和下來，看來束濤也是受人之托，就說：「那你這是替誰操心呢？」

束濤說：「是這樣子，省裏的鵬達路橋集團，他們的董事長張作鵬找我，說是想讓我安排一下，跟您聊一聊。」

莫克愣了一下，這個鵬達路橋集團是在東海省很有名氣的一家企業，張作鵬他在省委的時候就認識。不過，那時候張作鵬是很紅的企業家，他則是半黑不紅的一個邊緣官員，張作鵬並沒有把他這個省委副秘書長放在眼中，所以兩人就只是認識而已。

而張作鵬背後的關係不是別人，就是孟副省長，估計讓束濤出面安排見面，也是孟副省長的意思。

莫克心裏冷笑一聲，孟副省長啊，你也有求到我的時候，你忘了我要去見你，你擺譜不見我的時候了?!你和張作鵬以前不拿我當回事，現在卻前倨後恭，想要我幫你們辦事？太晚了！

莫克看了束濤一眼，說：「束董啊，按說這件事你發話了，我怎麼也得去見見張董事長的。」

聽莫克的話有點味道不對，束濤趕忙說：「您可別這麼說，什麼我發話了，我算什麼啊，我就是替人傳話的傳聲筒而已，可不是命令您一定要做什麼。是不是您這邊有什麼不方便的地方啊？」

莫克點點頭說：「是啊，我確實是不方便見他。你也知道，這件事是呂紀書記幫忙聯繫發改委的，呂書記特別交代我，說是項目批覆下來的話，要我一定要有高度的責任心，要把雲泰公路建成一個經得起考驗的百年工程，要嚴格把關，杜絕一切說情的現象。如果讓呂書記知道我私下見了張董，估計他連撤了我的心都會有的。」

束濤皺眉說：「估計您也知道張董跟孟副省長的關係了，如果拒不見面的話，孟副省長那裏可是不好交代啊。您原來不是想要去見孟副省長的嗎？現在還是安排私下見一下面，也給了孟副省長幾分面子，是吧？」

莫克笑笑說：「束董啊，既然你也清楚張董是孟副省長的人，那你就更應該清楚，事情如果傳到呂書記的耳裏的話，他一定會認爲我腳踏兩隻船，這對誰都沒有好處的吧？這樣吧，你跟張董說，就讓他拿出實力來參與競標吧，鵬達集團也是很有實力的公司，參與公平競爭的話，也不一定就輸啊！」

束濤忍不住看了莫克一眼，他覺得莫克這話說得很漂亮，卻是一句空話，根本就沒什

麼用處；顯然上次孟副省長沒有及時安排見莫克，得罪了莫克。現在孟副省長自己的地位都不穩，莫克自然就更不想買這個帳了。

束濤乾笑了一下，說：「既然這樣，那我就跟張董事長這麼說了。」

拒絕是讓人尷尬的，莫克感受到車內的氣氛跟開始不同，雖然他不想中斷這次的尋歡之旅，但是搞得這麼彆扭，兩人就算是去玩，恐怕也無法玩得很開心。

莫克便看了看窗外，說：「束董啊，我沒想到會讓你這麼爲難，要不，今晚我們就算了吧？」

束濤心想：這時候我如果說算了的話，那可就真是開罪莫克了，趕忙陪笑著說：「莫書記，您可千萬別這麼想，一開始我就跟您說了，我只是個傳聲筒，事情成或者不成，都與我無關，這裏面又沒我什麼利益，我可不想因爲這個，傷害我們之間的友誼。今晚我們不但不能到此爲止，相反地，我們還要去玩個痛快，一定要玩到您說滿意才可以的。」

聽束濤這麼表態，莫克心情放鬆了下來，他看出束濤並不想因爲孟副省長而跟他翻臉，心說：算你識時務，便笑笑說：「這可是你說的啊，今天讓我玩得不夠滿意，我可是不會饒了你的。」

第三章

驚人真相

現在朱欣準確的說出這封信的事，
說明朱欣說莫克背叛出賣林鈞的事，果然是真的了。
方晶徹底呆住了，說：「朱欣，你是說當初出賣林鈞的人是莫克？
不可能的，莫克是林鈞一手提拔的，他不可能這麼忘恩負義的。」

束濤看莫克用玩笑的口吻講話，知道兩人間的尷尬算是揭過去了，趕緊陪笑說：

「放心吧，莫書記，您聽我束濤的安排不會錯的。我跟您講，我這次帶您去的地方，可是有漂亮的洋妞，是從俄羅斯過來的，我前些日子來看過，一個個長得跟洋娃娃似的，又嫩又水靈。」

莫克眼睛亮了起來，男人的心理都是很愛嘗鮮的，洋妞對莫克來說是一個從未接觸過的新鮮事物，不過，他一想到洋妞都人高馬大的，有些擔心玩不動，便說：「洋人？是不是都很高壯啊？」

束濤笑了起來，說：「這你就放心吧，洋妞也有嬌小玲瓏的。」

雖然束濤說讓莫克玩到滿意，但這一晚莫克並沒有真的玩得很爽。洋妞倒也嬌小玲瓏，只是這洋妞一身的騷味，先就讓莫克敗了幾分興；再是洋妞過分主動，一來就很熱情的去迎合莫克，莫克有點受不了，一激動就繳械了。

四十多歲的男人一繳械，這一晚就算是報銷了，搞得莫克還沒覺得過癮就結束，讓他的心情很是鬱悶，心說：這洋妞好看是好看，卻不中用，以後還是要愛用國貨才行。

這也讓第二天的莫克一整天都心情煩悶，看誰都不爽，偏偏就有不知趣的人要來吵他。

朱欣在臨近下班時打來電話，莫克一看到朱欣的號碼更加煩悶，有心不接，朱欣卻一通接一通打起來沒完，搞得莫克沒辦法，只能接通了電話。

莫克沒好氣地說：「你老是打電話來幹什麼啊，煩不煩人啊？」

莫克剛才一直不接電話，朱欣也是一肚子的火氣，不過她要求莫克辦事，不得不暫時壓住火氣，便耐著性子說：「老莫，你晚上要幹嘛？有沒有時間，我想跟你談談。」

莫克知道朱欣要跟他談的，絕不會有什麼好事，就沒好氣地說：「我們還有什麼可談的？你不要再打電話來了，我沒時間，也沒心情跟你談。」

朱欣愣了一下，說：「莫克，我想跟你談的是女兒的事，你不會這麼絕情吧，連女兒你都不管了？」

莫克詫異地說：「小筠又怎麼了？她又出什麼事了？」

朱欣說：「電話裏不好說，我們是不是找個地方談一下？」

莫克並不想見朱欣，便說：「有什麼不好說的，到底是什麼事情，就在電話裏講吧。」

朱欣爲難的說：「電話裏真是不好說，莫克，難道爲了女兒，你都不肯見我一面？」

莫克自然還是很關心女兒的，只好說：「好吧，一會兒你去家裏吧，我馬上就回去。」

回到家，朱欣已經等在那裡了。莫克看了看朱欣，說：「說吧，怎麼一回事？」

朱欣現在在莫克面前，已經不像以前那麼強勢了，低聲訴苦說：

「小筠去了貴族學校後，身邊認識的都是有權有勢的人，人家吃的用的都是名牌。

小筠就常常回來跟我要這要那。這些名牌少則幾百，動輒上千，一次兩次還可以，時間長了，我哪裡供得起啊？老莫，你是不是想辦法再幫女兒弄筆錢啊？這個費用我可承擔不起啊。」

果然不出所料，這個女人又是想跟他要錢！離婚了不好打自己的名義要錢，就拿女兒出來說事。

莫克嘆了口氣，苦笑說：「朱欣啊，你怎麼老是冤魂不散呢，一次一次的找藉口讓我幫你弄錢，你是不是非要害死我才肯甘休啊？」

朱欣趕忙說：「不是，老莫，你總不能看著女兒在學校過得那麼寒酸吧？這多傷小筠的自尊心啊。」

莫克哼了聲說：「你別老拿女兒來說事，不是東濤出錢，我們的收入哪裡上得起什麼貴族學校啊？這不都是你搞出來的嗎？你不想讓女兒寒酸，行啊，你不是從我這裏拿走一百萬了嗎，拿出來給女兒買名牌啊！」

朱欣辯解說：「老莫，話不是這麼說的，那一百萬聽起來好像是一大筆錢，真要這麼花下去的話，可就沒多少了。」

莫克嘲諷說：「怎麼，不捨得了？你也是小筠的母親，難道你就沒有責任讓小筠過得舒適一點嗎，難道你就不能花點錢照顧一下小筠的自尊心嗎？」

朱欣爲難地說：「可是，老莫，這筆錢我原本是留著有別的用處的。」

莫克冷笑一聲說：「我不管你有什麼用處，反正我只能給你那麼多錢，我爲了你，已經違背我做人的原則了，我不能再這麼沒原則的遷就你下去。行了，你可以走了。」

朱欣急說：「莫克，你不能做得這麼絕吧？」

莫克反駁說：「我做得怎麼絕了？女兒這邊的費用你又不是沒辦法可想。」

朱欣叫說：「你別以爲我不知道，外面都在說雲泰公路項目很快就要批下來了，這個項目是你搞的，按照束濤當時跟我說的回扣比例，這個二十億的項目，單是回扣你就能弄到一億，這些錢你留著幹嘛，一點都不給女兒啊？都準備去塡進方晶那個婊子的無底洞嗎？你別傻了，那個婊子是個害人精，你跟她在一起是不會有什麼好結果的。」

莫克今天已經煩燥了一天，前面還耐著性子聽朱欣講，現在聽朱欣一口一句的稱方晶是婊子，他心頭的火氣再也壓不住，揮手就給朱欣狠狠的一巴掌。

莫克因爲心中氣極了，這一巴掌用的勁道就很猛，朱欣又沒防備，一下子被打倒在地上。

莫克打完還不解氣，上去又踹了朱欣一腳，然後指著朱欣說：

「朱欣，你別他媽的給臉不要臉，我們之間早就該兩清了，你有什麼資格在我面前叫方晶婊子？我看你才是婊子呢！不對，說你是婊子還抬舉了你了，你連婊子都不如，婊子拿了我的錢還知道對我笑笑，還知道給我提供很好的服務，你拿了我的錢，不但不知道感恩，還變本加厲的想跟我繼續勒索更多的錢。我這輩子最倒楣的事，就是當初娶了你這個潑婦。」

莫克說到這裏，想起這些年來受的氣，心中更是充滿了怨毒，便又狠狠踢了朱欣兩腳。

朱欣看莫克兩眼發紅，一副瘋狂的樣子，嚇得也不敢回嘴，只是拼命爬著往外躲。

「臭娘們，你還敢躲?!」莫克狂叫著，又是兩腳上去。

朱欣從來沒見過莫克這麼瘋狂的面孔，她被嚇壞了，躲也不敢躲，只是蜷縮在那裏哭泣。

朱欣的哭聲，讓莫克多少冷靜了一些，這才意識到自己過於激動了。

他打了朱欣，心中有一種解氣的快感，就不想再去跟朱欣爲難，指著朱欣說：「你別在我這裏嚎喪了，趕緊給我滾蛋，別讓我再看到你。」

聽到莫克說讓她滾蛋，朱欣如蒙大赦，趕忙爬起來衝了出去。

出了門，朱欣才感覺到臉上火辣辣的痛，後背上被莫克踢到的地方也在隱隱作痛，心裏暗罵莫克這個王八蛋狠毒，竟然對她下這麼重的手。但她也沒膽量再回去找莫克理論了，趕緊招手叫了輛計程車。

朱欣遮著臉上了車，司機回頭看了看，好心地說：「大姐，你是不是被人打了，要不

要緊啊，用不用送你去醫院啊？」

朱欣苦笑了一下，說：「我沒事，開你的車吧。」

司機一踩油門，邊開車邊說道：「大姐，你這是遭到家暴了吧，我聽收音機上說，遇到家暴，女人應該勇敢的站起來反抗。如果忍讓下去，會助長男人的囂張氣焰，以後會更變本加厲的欺負你的。」

朱欣心說我今天也是夠倒楣的，受了莫克的欺負不說，偏偏又遇到這麼一個好事的司機，說什麼家暴不家暴的，這不是給我添堵嗎？

朱欣沒好氣的說：「司機先生，謝謝你的關心，但是現在我想靜一靜，行嗎？」

司機這才閉上了嘴，不再跟朱欣搬弄從收音機裏聽來的什麼專家的說法了。

回到家，小筠住在貴族學校，不在家，朱欣趕緊跑去梳粧檯的鏡子前看了看自己的臉，臉上很清晰的有很大一塊被打得又紅又腫的巴掌印，難怪司機會說她受了家暴。

朱欣伸手摸了一下巴掌印，火辣辣地疼，她越想越委屈，加上女兒不在家，索性就嚎啕大哭了起來。

朱欣怎麼也不會想到，有一天她竟然會被莫克打得這麼慘，還被罵成婊子不如。她跟莫克結婚以來，莫克對她雖然沒什麼感情，但是也還算相敬如賓。

加上上次莫克喝醉酒打了她的那一下，總共算起來，莫克也就打了她兩次。她一直以爲莫克是個很軟弱的男人，誰知道他瘋狂起來竟然會這麼狠。

哭了好半天，朱欣哭累了，這才停了下來，她望著鏡子裏的自己，眼睛也哭腫了，苦笑了一下，空洞洞地不知道自己該幹些什麼好。

坐了好一會兒，朱欣才回過神來。這時候，朱欣明白莫克算是跟她徹底決裂了，今後再想從莫克那裏謀取到什麼好處已經是不可能的了。

朱欣心裏很不甘心，莫克能有今天，完全是靠她們家的幫助，現在不但過河拆橋不說，還這麼狠的毆打她，這真是是可忍，孰不可忍。朱欣在心裏發狠說：「我絕不能就這麼便宜了他，你不讓我快樂是嗎，我也不能讓你快樂。」

朱欣覺得她之所以淪落到今天這個境地，完全是因爲莫克意欲圖謀得到方晶的原故，現在莫克做了市委書記，也離了婚，跟方晶也有了密切的往來，如果沒什麼意外的話，莫克的美夢一定很快就會實現。

想到這裏，朱欣冷笑一聲，心說：莫克，你想得美，只要我朱欣還活著一天，就不會讓你過好日子。你想得到方晶不是嗎，我偏偏要給你攪這個局。我要告訴那個婊子，當初她的情人林鈞就是被你出賣才被判了死刑的，我倒要看看那個婊子知道這件事之後，還會不會跟你在一起?!

朱欣就找出她偷偷記下的方晶的手機號碼，長吸了一口氣，平靜了一下心情，然後撥通了方晶的電話。

不久，方晶就接通了，說：「我是方晶，哪位找我？」

朱欣說：「方晶啊，我朱欣，還記得我嗎？」

方晶愣疑了一下，她沒想到朱欣會突然打電話給她，笑笑說：「是嫂子啊，怎麼會不記得呢，怎麼樣，最近還好吧？」

朱欣冷笑一聲，說：「別叫什麼嫂子了，你該早就知道我跟莫克已經離婚了吧？」

方晶和言解釋說：「這個老領導是跟我說了，不過，我還是習慣叫你嫂子，要不然我稱呼你什麼呢？」

朱欣冷冷地說：「你也別稱呼我什麼好聽的了，就直接叫我朱欣就可以了。方晶，我真是要感謝你啊，因爲你，我今天被莫克打了。」

方晶尷尬地說：「嫂子，這可不關我的事啊，我跟莫克之間並沒有什麼的。」

朱欣怒喝道：「我跟你說別叫我嫂子了，你跟莫克之間沒什麼？你倒是撇得很乾淨啊。誰知道你們私下都幹了些什麼啊？我跟你說方晶，我跟莫克會走到今天這一步，可全都是拜你所賜。要不是莫克被你這個狐狸精迷得神魂顛倒的，又怎麼會非要跟我離婚啊？」

方晶見朱欣開始不講理了，心裏不太高興，她並不怕朱欣，就冷冷地說：「朱欣，我再跟你說一次，我跟莫克沒有你想的那種關係，至於他爲什麼非要跟你離婚，請你去問莫克本人，別來問我。你還有什麼事嗎，沒什麼事我可掛了。」

朱欣卻絲毫不讓地說：「方晶，想不到你這種搶人家老公的狐狸精，說話還這麼硬氣啊，難道說你從來就不覺得心虛嗎？」

方晶火大了，說：「朱欣，你胡說八道什麼啊，跟你說了，我跟莫克沒那種關係。」

朱欣反駁說：「那你跟林鈞也沒那種關係嗎？」

方晶說：「我跟林鈞之間的事又關你屁事？是，我是跟林鈞有那種關係，但是又怎麼樣呢？」

朱欣哼了聲說：「是啊，又能怎麼樣呢，我知道你這種女人，對男人只是利用罷了，利用完，就把他擱到腦後，再也不去搭理了，連林鈞是怎麼死的你都不管了。」

方晶詫異地說：「你這話是什麼意思啊？什麼叫林鈞是怎麼死的我都不管，你知道什麼，就來說我不管了？」

朱欣冷笑說：「我知道什麼？我知道林鈞就是被你害死的。」

方晶鎮定地說：「朱欣，你這個說法對我來說並不新鮮了，很多人都這麼說，但我心裏很清楚，我並沒有做過任何一件害林鈞的事，我問心無愧，所以你這麼說是氣不到我的。」

方晶認爲朱欣打電話來無理取鬧，純粹是想要故意氣自己。她把莫克跟她離婚的帳都算在自己頭上，才會說什麼林鈞是自己害死的。

朱欣笑了，說：「方晶啊，你還真是夠無恥的，你覺得自己沒什麼責任，可以問心無愧，那可大錯特錯了。不是你玩完林鈞，又去挑逗莫克，林鈞根本就不會死的。」

方晶叫說：「跟你說了，我跟莫克沒什麼，你怎麼有理說不清啊！誒，不對，朱欣，你這麼說是什麼意思啊，林鈞的死與莫克有什麼關係啊?你給我說清楚。」

朱欣說：「你不要著急，我會慢慢講給你聽的。方晶啊，我不知道你是裝糊塗，還是真的不知道莫克一直在喜歡你？」

方晶隱隱猜到了些什麼，說：「朱欣，我要說多少遍你才明白，我從來沒有喜歡過莫克。至於他喜歡我，我也是最近才從別人的嘴裏知道的。難道說，莫克喜歡我與林鈞的死有關？」

朱欣愣了一下，隨即呵呵笑了起來，說：「原來這一切你都不知道，都是莫克這個傻瓜單相思啊。哈哈，這真是太有趣了。」

方晶著急地說：「朱欣，你別說那些沒用的，你快說莫克跟林鈞的死有什麼關係？」

朱欣嘲諷地說：「方晶，我記得你並不笨啊，怎麼這麼點奧妙都猜不透呢？你想想，莫克愛你愛得發狂，把你當做他的女神，還特別保留了一張你們的合影。但是林鈞不但把他的女神給佔有了，還把他的女神弄到了澳洲，讓他想偷著看都看不到了，豈不是讓他要嫉妒的發瘋嗎？一個嫉妒發瘋的男人會幹出什麼事情來，你應該比我還清楚吧？」

方晶徹底呆住了，半天才回過神來，說：「朱欣，你是說，當初出賣林鈞的人是莫克？不可能的，莫克是林鈞一手提拔的，他不可能這麼忘恩負義的。」

朱欣失笑說：「如果沒有我們家對他的幫助，莫克連大學都上不起，上不了大學，他也就不會有今天，我們家對他來說簡直是恩同再造；但你看他是怎麼對我的，還不是為了你這個狐狸精拋棄了我？」

方晶覺得事情絕不可能是朱欣所說的那樣，就說道：「不對，朱欣，你這是在報復莫克跟你離婚對不對？你是為了報復莫克，才說是莫克害死了林鈞，對不對？」

朱欣笑了，說：「這世界上的人真是奇怪，明明跟他說的是真話，他偏偏以為是假話；你跟他說的是假話，他偏偏信以為真。這人啊，還真是愚蠢！」

方晶還是半信半疑，說：「那也不能你說什麼，我就信什麼。林鈞的事我調查過，那段時間莫克沒有絲毫的異常，林鈞被抓之後，莫克也沒從林鈞的政敵那邊得到什麼好處，甚至還受到排擠，不得不離開江北省政府。這些就表明絕不是莫克出賣林鈞的。現在你空口白牙的跟我說是莫克害死了林鈞，你讓我怎麼相信你啊？起碼你也提供一個信得過的證據出來啊？」

朱欣聽了，說：「方晶，我沒想到你竟然會這麼愚蠢，莫克如果當時有什麼異常，或者從林鈞的政敵那邊得到了什麼好處，大家不就知道是他出賣林鈞了嗎？你讓莫克這個僞君子還有什麼顏面在政壇上混啊？這就是莫克最狡猾的地方，不然，你們這些傻瓜又怎麼會被他騙得死死的呢？我跟你說個細節吧，你如果真的調查過林鈞的事，就會知道我所說的，能夠證實莫克就是害死林鈞的人。」

方晶發著抖說：「行，你說吧。」

朱欣說：「林鈞被舉報最關鍵的一點，是那兩個行賄他的港商被抓，港商被抓後才交代出林鈞受賄的事實。但你知道這兩個港商爲什麼會被抓嗎？就是莫克寫信給林鈞的政敵，把港商行賄林鈞的事給供了出來。」

這下方晶不得不相信朱欣所說的是事實了。當初她找人私下調查林鈞被人背叛的事，是通過一個很有力的關係，才查到是有人向林鈞的政敵提供港商行賄的情形。林鈞的政敵這才準確的抓住了港商，拔起蘿蔔帶出泥，一舉把林鈞也給牽連了出來。而提供這個線報的，就是一封神秘的舉報信。

這封信直到林鈞被判死刑，林鈞的政敵也沒查出信是從哪兒寄出來的。成了一個懸案，林鈞的政敵也沒有把信的內容對外公佈。因此一般人只知道有人舉報了港商，然後牽連到林鈞，卻不知道舉報港商的是一封信。

現在朱欣準確的說出這封信的事，說明朱欣說的，果然是真的了。

她曾經那麼急於想要找到出賣林鈞的人，但是現在真正找到了這個人，方晶心頭卻是一陣茫然，心說：我要拿他怎麼辦呢？報復他嗎？我又要怎麼報復他呢？

方晶發現，時間讓她對這件事淡漠了很多，她已經不再像當初那麼急切地想要懲罰莫克這個叛徒了。

朱欣見方晶半天不說話，笑了笑說：「這下你信了吧？」

方晶心裏是相信了，但是她現在還拿不定主意要怎麼去對待莫克，也不想讓朱欣知道她已經相信了這一點，便冷笑一聲，說：「朱欣，就憑你說的這麼一點點事，我還是無法確信就是莫克出賣了林鈞。」

朱欣愣了一下，說：「這麼明顯你都不信？那你要怎麼樣才能相信呢？」

方晶反問說：「朱欣，你爲什麼非要我相信是莫克出賣了林鈞呢？」

朱欣冷笑一聲，說：「這個我也不怕實話告訴你，我就是想攪了莫克的美夢，讓你知道是莫克出賣了林鈞，你就不會再跟他在一起了。這個王八蛋不想讓我過得好，我也不能讓他過得舒服。」

方晶暗自搖頭說：這對夫妻還真是絕配，心眼都這麼惡毒。

方晶不想再理會朱欣，就說道：「你想說的我都知道了，行了，就這樣吧。」

朱欣詫異地說：「什麼叫就這樣吧？方晶，你想怎麼去對付莫克啊？」

方晶笑說：「朱欣，且不說你說的事是真是假，就算是真的，我不過是個做生意的女人，又能拿一個市委書記怎麼樣呢？至於你說跟莫克在一起的事，這個你倒不必擔心，因爲我根本就沒想過要這樣的。行了，我還有事，掛了。」

方晶說完，沒等朱欣有什麼反應，就掛掉了電話。

朱欣拿著話筒呆住了，她沒想到方晶知道是莫克出賣林鈞後，竟然會是這種反應，這麼平靜，絲毫沒有咬牙切齒、說要報復之類的話。

不過隨即朱欣就釋然了，不是這樣，又能怎麼樣呢？像方晶這種婊子，本來就是無情無義的，林鈞都不在這麼久了，恐怕這小婊子早就忘了林鈞對她的好了吧？

雖然方晶的反應不如預期，不過朱欣覺得多少還是會給方晶心裏添堵的，現在方晶既然知道了這件事，且不管她相不相信，反正方晶再跟莫克接觸，心中一定會有一個揮之不去的陰影，能這樣子，朱欣就覺得是達到目的了。

確實像朱欣所想的一樣，掛斷電話的方晶心裏堵得慌，她拿不定主意要不要去報復莫克。

報復吧，眼下看來她沒有這個能力，她必須求助於他人才能報復莫克。這個他人是指像馬睿那種林鈞的舊部屬。只是事情過去這麼長時間，馬睿這些人會不會爲了一個死人去跟莫克過不去呢？

這一點，方晶心中還真是沒底。官場上這些人往往都是只看利益算計的，馬睿也不例外。方晶就一直懷疑馬睿這些年究竟是看在林鈞的面子上，還是本身就覬覦她的美色才幫她的？

從馬睿最後佔有她，還跟她保持了一段時間的情人關係，方晶就可以判斷出來，雖然當初是林鈞提拔了馬睿，但是馬睿對林鈞卻並不是那麼的忠誠，忠誠的話，就會保護好這個林鈞的女人，而不是染指她了。

因此方晶對馬睿會不會真心幫她報復莫克，並不抱太大希望。

如果連馬睿都不能幫她，那就更不用指望別人能來幫她對付一個幾百萬人口大市的市委書記了。

但是就這麼放棄了，方晶心中又有些愧疚，畢竟當初林鈞是因爲她才遭此橫禍的，她也曾深深地愛過林鈞，如果就這麼放手不管，她覺得很對不起林鈞。

她到底該怎麼辦啊？

方晶心中不由得大罵朱欣不是東西，實在太壞了，你想害莫克，直接找他就是了，牽連上我幹什麼啊？我本來過得好好的，已經慢慢淡忘了林鈞，過上了平靜的生活，你這一下子可把我的一切平靜都打亂了。

是不是找人商量一下？可是找誰商量呢？馬睿嗎？方晶有點信不過馬睿，她擔心馬睿會把這件事告訴莫克。現在莫克和馬睿走得很近，關係不錯，這是很有可能的。

方晶還不想讓莫克知道她已經曉得是他出賣了林鈞，因爲如果一旦她決定報復莫克的話，她希望是在莫克沒有察覺的前提下展開行動，因此不太適合跟馬睿商量這件事。

不能跟馬睿談，那要跟誰談呢？是不是跟傅華談一下呢？現在方晶對傅華有一種信賴感，傅華讓她感覺十分安全可靠，而且傅華跟莫克之間有衝突，應該不會把這件事告訴莫克的。

方晶就順手撥了傅華的電話，電話響了幾聲之後，方晶突然意識到現在是晚上，夜已經深了，鄭莉大著肚子，傅華此刻一定是在家裏陪著她呢。這時候打電話過去很不合適，就趕忙掛斷了電話。

掛斷電話後，方晶心想好險傅華沒有接通，不然還真是不好跟他解釋爲什麼會在這時候打電話過去。

想到這裏，方晶忽然覺得自己很可憐，她這麼在乎傅華的感受，但是傅華卻不肯接受她這番情意，對她棄若敝屣。方晶心中很是酸楚。她渴望傅華能撥電話過來，問一下她發生了什麼事；又怕傅華打電話來質問她爲什麼在深夜去打攪他。就在患得患失中等待了很長時間。

讓她失望的是，傅華並沒有打電話來。

第四章

中間人

東濤並不相信張作鵬能說動孟副省長出面向莫克說這件事，
最近孟副省長因為接連出狀況，行事很低調，這種跟下面官員打招呼的事是不會幹的，
要不然張作鵬早就讓孟副省長出面了，不會還要麻煩他做什麼中間人了。

第二天方晶醒來已經是午後了，她打開手機看了看，這段時間內，傅華並沒有打電話來，心中就有些不高興，就算我是普通朋友，看到我打電話去，你也該打過來問問是什麼事吧？

就在這種不爽的心情中吃了午餐，收拾一下準備去鼎福俱樂部，這時，電話響了起來，是傅華的號碼，方晶臉上才浮現出笑容，心說：你還是在乎我的，趕忙接通了電話。

「傅華，你還知道回電話給我啊？」方晶忍不住酸了句。

傅華解釋說：「昨天那麼晚了，我怕打攪鄭莉休息，就沒給你回電話，找我有什麼事嗎？」

方晶說：「有點事想問你，我也是突然想到可能會打攪你老婆休息，就趕快掛了電話。對不起啊，沒吵到她吧？」

傅華笑說：「沒有，你想我問什麼事啊？」

「是這樣子……」

方晶正想把朱欣告訴她是莫克出賣林鈞的事告訴傅華，然後問傅華要怎麼辦。可是話到嘴邊，她才意識到自己要怎麼跟傅華說林鈞的事啊，還有她現在的立場，是要幫林鈞報仇，還是放棄，不再管這件事，然後過自己的平靜日子？無論是哪一種，似乎都無法跟這個她喜歡的男人講，尤其是這還牽涉到她和林鈞的不倫之戀。

她真是昏了頭了，怎麼會想要跟傅華說這些呢？要是說了，傅華會怎麼看她呢？會不會覺得她對林鈞還念念不忘？

傅華聽方晶說了一句就停頓住，不禁問道：「怎麼了方晶，有什麼話不好說嗎？」

方晶回過神來，心說：我要跟傅華說什麼好呢，她忽然想到海川重機股票炒作上，就笑了笑說：「是這樣，我最近都沒看到湯言，所以想問你一下，你知不知道海川重機股票的情況？」

傅華笑了笑說：「我也有段時間沒見到湯言了，不過我想應該沒什麼問題吧，上次我見到他時，他好像收穫不錯。」

方晶說：「上次他說帳面上有得到一點利潤，不過最近他很少出現在俱樂部，我擔心他是不是又出了什麼問題，不好意思見我？」

傅華安撫她說：「你就別擔心了，既然你把資金交給湯言去運作，你就相信他吧。」

方晶苦笑了一下，說「我現在不相信他也不行啊。」

傅華心知湯言說不定又遭到蒼河證券的狙擊了，但這話他不好跟方晶講，便想趕緊結束談話，於是說：「我知道的情況就這麼多，如果沒別的事，我就掛了。」

方晶還想跟傅華再聊兩句，卻一時間找不到新的話題，只好說：「那就這樣吧。」

掛了電話，方晶搖了搖頭，既然一時難以下決定，索性先放一放好了，等自己想出個頭緒來，再決定要如何處理這件事吧。反正現在一時之間，估計事態是不會發生什麼大的變化的。

齊州，鵬達路橋集團大廈。

束濤專程趕來拜會鵬達路橋的董事長張作鵬，張作鵬讓他帶話給莫克安排見面，莫克拒絕了，束濤覺得事情沒辦好，因而趕來想親自跟張作鵬說一聲。

束濤知道張作鵬性格狂妄自大，走路都是兩眼看天，莫克竟然拒絕他，他一定會很生氣。束濤覺得他必須謹慎處理，才能避免張作鵬遷怒於他。

果然，張作鵬一聽束濤說莫克不見他，啪地一聲，一拍桌子站了起來，叫道：「這個莫克算什麼東西啊，老子約他見面，是給他面子，這傢伙竟然給臉不要臉，連老子的面子都敢不給。」

張作鵬一副地痞的樣子，讓束濤心中很膩味，你跟誰稱老子啊？莫克就算再差，好歹也是海川市的市委書記，你算什麼東西啊，不就是因爲跟孟副省長走得近，在孟副省長支持下才把鵬達路橋做起來的嗎？現在莫克抬出呂紀，你的後臺孟副省長都惹不起，你在自己家裏瞎叫喚有什麼用啊？

不過束濤不敢得罪張作鵬，便陪笑說：「張董，您別發這麼大的火啊，現在雲泰公路項目的批文還沒下來呢，你有大把的時間可以想辦法啊。」

張作鵬氣哼哼地說：「我知道我有大把的時間可以想辦法，只是我氣不過他這麼掃我的面子。他算是什麼東西啊，當初在省委一副猥瑣的樣子，掉個樹葉都怕打破頭；見了我，從來都是張董前張董後的，不停地拍我的馬屁。現在呂紀賞識他了，給他這麼個市委書記幹，他就不知道自己姓什麼了，竟然還敢給老子臉色看?!等著吧，回頭我就去找孟副省長，讓孟副省長親自給他打電話，看那個時候他到底見不見我？」

束濤忍不住看了張作鵬一眼，這傢伙是不是不知道孟副省長現在什麼情況啊，還當是孟副省長威風八面的時候嗎?莫克又不是不知道你是孟副省長的人，他之所以敢拒絕跟你見面，就是因爲孟副省長現在形勢窘迫，根本就威脅不到莫克了。

束濤圓滑地說：「孟副省長如果親自給莫克打電話，我想莫克一定會見你的。張董，這次我沒給你辦好這件事，真是很抱歉，既然你有別的辦法，那我是不是可以回去了?」

束濤並不相信張作鵬能說動孟副省長出面向莫克說這件事，最近孟副省長因爲接連出狀況，十分收斂，行事很低調，這種跟下面官員打招呼爭取項目的事是不會幹的，要不然張作鵬早就讓孟副省長出面了，不會還要麻煩他這個商人做什麼中間人了。

果然，張作鵬笑笑說：「別啊，你這麼大老遠的跑來，怎麼可以連頓飯不吃就走呢？現在差不多是午飯時間了，走，我們吃飯去。」

束濤推拒說：「張董，這就沒必要了吧，事情我又沒辦成，這飯我怎麼好意思吃啊？」

張作鵬很四海地搥了束濤肩膀一下，說：

「束董，你這話就見外了，咱兄弟誰跟誰啊，就算是我拿不到雲泰公路項目，吃飯的錢還是出得起的。走，我們去齊州大酒店。」

看來今天這頓酒是推不掉了，束濤只好跟著張作鵬去了齊州大酒店。

坐定後，張作鵬接連敬了束濤好幾杯白酒，喝得束濤腦袋直打轉，看到張作鵬又把酒杯端起來了，束濤趕忙把他的酒杯給按住，說：「張董啊，酒太急了，我有點受不了啦，我們還是慢慢來吧。」

張作鵬看束濤的確有些不勝酒力了，便笑笑說：「那行，我們吃點菜。」

兩人吃了幾口後，張作鵬又提起了莫克，說：「束董啊，這個莫克去你們市裏，做得怎麼樣啊？我怎麼聽說他出了不少的笑話啊？」

束濤不敢在張作鵬面前說莫克壞話，擔心話傳出去，會讓莫克對他反感，於是打著馬虎眼說：「莫克做得挺好的，沒出什麼大的紕漏啊。」

張作鵬聽了，不滿地說：「束董，你這人不太實在啊，沒出什麼大紕漏，怎麼會就鬧得離婚了？」

這件事是出在他的身上，束濤尷尬地說：「張董，你這可是我哪兒痛你往哪兒捅啊，

這件事就是因為我的大意，才給莫克添了麻煩。」

張作鵬說：「束董，我不是故意揭你的傷疤，我提這件事，是覺得這個莫克並不是像他自己說的那麼講原則，也是有漏洞可鑽的。你們打過交道，我想他身上有什麼漏洞，你應該最清楚不過了。這次你就幫一下兄弟我，提點我一下，看我要怎麼做，才能把莫克給公關下來？」

張作鵬這麼說，倒是讓束濤怔了一下，這傢伙也不傻啊，嘴上雖然說讓孟副省長出面，心裏其實早知道孟副省長幫不上他什麼忙了。

束濤便笑了笑說：「張董，你這也太看得起我了吧，人家可是市委書記啊，我怎麼瞭解他身上有什麼漏洞啊？」

張作鵬瞅了束濤一眼，嚴肅地說：「束董，你這就不夠意思了吧？你們的關係那麼好，你肯定瞭解他很多不為人知的事的。」

束濤心說我倒是瞭解他很多不為人知的事，但是這些事每一件都有我參與其中，我總不能把自己也給賣了吧？

於是束濤打哈哈說：「抱歉了，這個我還真的不清楚。莫克這個人行事風格很謹慎，我真的不知道他還有什麼漏洞。」

張作鵬質疑說：「不會吧，他現在離了婚，身邊就沒出現個情人之類的？」

說到情人，束濤怔了一下，他想起孟森曾經跟他說過莫克有個情人在北京，是什麼俱樂部的老闆娘。不過束濤不想把這個訊息透露給張作鵬，他想將來也許自己能用得上，就搖搖頭說：「這我就不清楚了，我沒發現他跟什麼女人特別的親密。」

張作鵬不相信地說：「不會吧，男人少了女人要怎麼過啊，難道他是太監？束董，這次你就幫兄弟我一把吧，兄弟如果能把這個項目給吃下來，一定不會忘了你的。你知道這裏面有些工程，你們城邑集團也能做，兄弟如果吃下這個項目，大家攜手一起做，一起發財啊。」

說了半天，張作鵬這句話才算說到了重點，沒有什麼利益，束濤是不會真心實意幫他什麼忙的，但是如果有了利益，這個問題就不同了。

束濤何嘗不知道雲泰公路工程是塊肥肉啊，但是他因爲舊城改造項目競標時出糗，加上城邑集團並不是專業的路橋公司，就不太方便出面競標，因此只能眼睜睜看著這塊肥肉落入別人的嘴中。

對此束濤十分不甘心，現在張作鵬有和他聯手一起做這個項目的意思，束濤就有些心動了，他看了看張作鵬，笑笑說：「張董，你這是跟我開玩笑的吧？」

張作鵬看出束濤動心了，就說：「束董，我可沒跟你開玩笑，我是認真的。這個項目在海川，如果我能拿下來，也需要找一家海川本地的公司合作。我們何不建立一個戰略聯盟，一起搞這個項目呢？」

束濤說：「張董，你既然提到莫克離婚的事，就該知道這件事我不方便出頭露面的。」

張作鵬聽了說：「你不方便無所謂啊，工程我們兩家一起做，出頭露面的事可以交給我來處理，這樣問題不就迎刃而解了嗎？」

束濤笑說：「看張董的架勢，對這個項目是志在必得啊？」

張作鵬十分自得地說：「當然啦。束董現在是不是有什麼可以指教我的了？」

束濤說：「指教倒不敢，不過有個訊息倒是可以提供給張董。」

張作鵬笑說：「束董的訊息一定是價值千金，我洗耳恭聽了。」

束濤便說：「我聽一個朋友講過，說莫克有個很迷戀的女人在北京，是一家叫鼎福俱樂部的老闆娘，如果你能聯繫上她，打通她的關係，我想這個項目莫克未嘗不會交給你來做的。」

北京，鼎福俱樂部。

包廂內，張作鵬正拿著杯洋酒裝模作樣的搖晃著，似乎很有品味的樣子。

這個動作他是看一些好萊塢的片子學來的，那些老外喝洋酒就是這個樣子，他覺得自己也這麼做的話，顯得很有紳士派頭。

張作鵬是費了些力氣才進到這個鼎福俱樂部的包廂的。鼎福俱樂部採會員制，只招待會員，沒有會員帶，外人是進不來的。張作鵬打遍他在北京認識的朋友的電話，這才從朋友當中找到了雲新集團的葉董，然後央求葉董帶他進來。

一進到鼎福俱樂部，張作鵬頗爲驚訝，他沒想到一個女人竟然可以把俱樂部搞得這麼富麗堂皇，在心中開始重新定位方晶，看來也許不能像事先想的那樣，輕易可以用錢就打動方晶。

等看到出現在他面前的方晶千嬌百媚、我見猶憐的樣子，張作鵬心中又是另一番感受了，他忍不住咽了一下口水，看不出來啊，這莫克看上去蔫蔫的，卻把這樣的一個美女給睡了，這還真是人不可貌相啊。

方晶看到張作鵬看著她往下嚥唾沫的動作，心裏暗自好笑，她看過太多男人對她饞涎欲滴的樣子，對此算是見怪不怪了。雖然她並不喜歡這些傢伙，但是這證明了她是一個很有魅力的女人，心裏還是有點小得意。

方晶伸出手，落落大方地道：「您就是張作鵬先生？」

張作鵬趕緊伸出手握住了方晶的玉手，笑著說：「是我，請坐，方老闆。」

方晶從張作鵬手裏抽回了手，笑笑說：「雲新集團的葉董呢？」

葉董是俱樂部的會員，打電話跟方晶說要介紹一位張先生給她認識，說有大生意要跟方晶談，方晶這才來了葉董的包廂，沒想到葉董居然不在包廂內。

葉董是被張作鵬打發出去的，有些話，葉董在場，張作鵬就不好說出口了，他是來求方晶辦事的，自然不能讓方晶尷尬。

張作鵬便笑笑說：「葉董已經到了，只是剛才有人打電話找他，他暫時離開一下，等會兒就會回來的。」

方晶不相信張作鵬的話，哪那麼巧啊，葉董剛打電話叫自己過來，她來了，葉董就離開了？方晶覺得一定是張作鵬有什麼話不方便在葉董面前講，所以把葉董給支了出去。只是這個張作鵬會有什麼話不方便在別人面前講的呢？他要跟自己談的生意又是什麼生意呢？方晶心中充滿了疑惑。

不過，鼎福俱樂部是屬於她的，她就是這塊地盤上的女王，因此也不怕張作鵬搞什麼鬼，相反，她急於知道張作鵬葫蘆裏賣的是什麼藥，索性就開門見山地說：「是這樣啊，誒，張先生，葉董說您有大生意要跟我談，不知道您有什麼生意要跟我談啊？」

張作鵬沒有回答方晶的問題，反而看了看包廂的裝修，說：「方老闆，我看鼎福俱樂部裝修得富麗堂皇，一年的收入一定很高吧？」

方晶說：「高什麼啊，我是過路財神，鼎福的進帳很高，但是真正能進我腰包的卻沒多少。怎麼，張先生對我的俱樂部感興趣？想跟我合作搞這方面的生意？」

張作鵬搖搖頭，說：「我不是對您的俱樂部感興趣，而是想知道您一年的收入有多少。」

方晶打趣說：「您不會是來我這兒查稅的吧？」

張作鵬笑說：「您真是會開玩笑，我這樣子像查稅的嗎？是這樣的，方老闆，我如果能夠讓您輕易就賺到幾千萬的利潤，不知道對您來說，算不算是大生意啊？」

方晶看了看張作鵬，說：「張先生，您是不是跑來逗我開心的啊？輕易就能賺到幾千萬，這當然是大生意了。」

張作鵬正色說：「方老闆，您看我的樣子像是跟您開玩笑的嗎？如果我要跟您開玩笑，有必要千里迢迢從東海飛過來，費盡心思找葉董作爲介紹人跟您認識嗎？如果這真是一個玩笑，那這玩笑也開得太大了吧？」

方晶聽了，笑說：「我還是不信，憑什麼您會讓我輕易賺上幾千萬啊？這世界上沒有無緣無故的愛，我自認爲沒這麼好的運氣，憑空會從天上掉下一個幾千萬的大餡餅砸到我頭上。」

張作鵬說：「方老闆夠精明，您的話說得很對，這世界上確實沒有無緣無故的愛。但是如果我說這是有緣故的，是不是您就不會覺得我是開玩笑了？」

方晶愣了一下，看了張作鵬一眼，不解地說：「張先生，我是第一次見到您，我不知道我們之間會有什麼緣故？」

張作鵬笑了笑說：「我們確實是第一次見面，但是不代表我們之間沒有別的關聯；我們雖然以前沒見過，但是我們有共同的朋友。」

方晶好奇地說：「共同的朋友，誰啊？」

張作鵬說：「這個朋友不是別人，就是海川市的市委書記莫克。」

方晶臉上的笑容一下子僵在臉上，她現在最不想聽到的就是莫克的名字，從那天朱欣告訴她是莫克出賣了林鈞，方晶就一直被要不要報復莫克這個問題給困擾著，聽到張作鵬提起莫克，心頭馬上浮起一陣煩躁。

方晶隱約猜到張作鵬費盡心機托人介紹來找到她，必有所圖，估計這傢伙是從什麼管道聽說她跟莫克關係不錯，想要透過她跟莫克拉關係的。

方晶就冷下了臉，說：「張先生，您可能誤會了，我跟莫書記是認識，但是我們的關係也就僅僅是認識而已，如果你想讓我幫你找莫克辦什麼事，我想我幫不了您什麼忙的。」

雖然方晶一下子冷淡下來，但張作鵬不但不認為方晶跟莫克的關係是如方晶所說，僅僅只是認識而已，反而認為這是方晶一種自我保護的反應。她一定是不想讓他這個陌生人知道她跟莫克的親密關係。

這也難怪，作爲一個政府官員，莫克是不應該有情人的。如果方晶公開承認是莫克的情人，那莫克就只有等著被組織處分了。

張作鵬說：「方老闆，你否認你跟莫書記的關係，這我能理解，我知道我這麼找上門來有些冒昧，但是事情緊急，我沒有時間跟你慢慢的建立關係，必須馬上就爭取到你的支持，所以即使冒昧，我也不得不闖上門來。這個希望你能諒解我，不過，如果你知道只要這件事你肯接手，馬上就會有幾千萬到手，相信你就不會再生我的氣了。這麼好的機會，你不會就這麼放過吧？」

方晶搖搖頭說：「什麼叫我就不會再生你的氣了？我到現在還是莫名其妙。我當然知道幾千萬是筆不小的錢，但那也要我有能力去賺啊！」

張作鵬說：「您要是願意，就一定能賺得到的。不知道你聽說過雲泰公路這個項目沒？」

這個項目她當然聽說過，莫克前幾次到北京，就是爲了這個項目爭取資金來的，現在就等項目批下來，想不到這傢伙竟然敏銳地嗅到味道，找到這兒來了，還真是無孔不入啊。

方晶便笑笑說：「您想從莫書記那裏拿到雲泰公路項目？這個項目還沒批下來吧？」

張作鵬說：「方老闆果然是聰明人，一點就透。這個項目是還沒批下來，但是如果等項目批下來再運作的話，那黃花菜都涼了，也沒我什麼事了。既然你也知道這個項目，知道我想要什麼，那就請您幫幫我的忙吧。」

方晶不禁好笑說：「張先生，您這話說的真是有意思，我一個做娛樂業的小老闆能幫您什麼忙啊？」

張作鵬愣了一下，說：「方老闆，您這就不對了吧？怎麼揣著明白裝糊塗呢？幫什麼忙？當然是請你幫我跟莫書記爭取雲泰公路項目啊！至於酬勞，你放心，我懂行規，會按行規提成給你的，一分都不會少。」

方晶笑了起來，說：「張先生，說了半天，你還沒說憑什麼就認爲我有這個能力幫您拿到雲泰公路項目啊？」

張作鵬說：「方老闆，我們彼此應該心知肚明的。行了，您也不要跟我繞圈子了，就說你幫不幫我這個忙吧？只要你答應幫忙，酬勞的提成比例還可以再商量的。」

方晶搖搖頭說：「張先生，這個忙我很想幫您，但是我也真的幫不到您。我不知道是哪個人跟您說過什麼，但無論他跟您說過什麼，我都可以對天發誓那不是真的。張先生，我看您是被人給耍了。」

張作鵬愣了一下，他不相信束濤會耍他，便說：「怎麼可能，那個人也是一個有身分的人，他不會耍我的。」

方晶笑說：「那就是他也被人給耍了。我告訴您我和莫克是什麼關係吧，我們曾經在江北省做過同事，他是我的上級。後來他去了東海省，我來了北京，再後來，他做了海川市的市委書記，來北京看過我幾次，不過，敘的都是老同事的交情，可不是您想的那個樣子。也許因此有些風言風語傳了出去，但是我跟你保證，那些都是謠言，所以這件事我真是幫不了你，雖然我也很想賺這幾千萬的。」

張作鵬這時才意識到他來的真是有點冒失了，也沒去落實束濤講的話的真實性，就興沖沖跑來找方晶，便尷尬地說：「您跟莫書記真的只是舊同事關係？」

方晶笑說：「張先生，我都把話講的很明白了，也跟你賭咒發誓了，您還想我怎麼樣啊？」

張作鵬不好意思地說：「看來我還真是弄錯了，不過，畢竟你們還是很熟的，能不能出面幫我安排一下，約莫克跟我見個面，我必有重謝。」

方晶搖了搖頭，說：「這個忙我真的幫不了您，我跟莫克並沒有太多往來，您是東海過來的，海川那邊肯定有熟人，您可以問問他們，莫克做了市委書記之後，我一次都沒去過海川，可見我們真是沒什麼往來的。好了，您在這慢慢等葉董吧，我還有事，先走一步了。」

說完，方晶撂下一臉黯然的張作鵬，離開包廂，去了辦公室。

在辦公室坐下來後，方晶心裏有些氣惱，她覺得一定是朱欣在散佈她跟莫克有曖昧關係的謠言，因爲莫克暗戀她的事只有朱欣清楚，朱欣不對外面的人說，沒有人知道這件事的。

方晶對遇到這麼一個瘋女人感到十分無奈，她已經有些不想理會莫克出賣林鈞的事了，但是這個女人卻還是不時地冒出來提醒她這一點，真是有夠煩人的。

突然，方晶靈機一動，也許這正是個報復莫克的好辦法？是不是可以在莫克身上試一下呢？不過，這個辦法能不能奏效，還要看莫克的配合度高不高。

方晶遲疑了一下，拿出手機，撥通了莫克的電話。

電話嘟嘟的響了幾聲後，莫克接通了，欣喜萬分地說：「方晶，你怎麼想起給我打電話了？」

方晶冷笑一聲，沒好氣的說：「我怎麼想起給你打電話？你的朋友都找到我這兒來了，我還能不給你打電話嗎？莫克，你閒著沒事都跟人家瞎說什麼了？」

莫克有點丈二和尙摸不著頭，不知道方晶爲何要對他發火，困惑地說：「方晶，我不知道你在說什麼，什麼朋友啊？誰找到你那兒了？」

方晶說：「什麼朋友？還不是你的朋友！今天來了一個自稱叫張作鵬的人，你可別說你不認識他啊。」

「張作鵬找到你那兒去了？」莫克驚訝的說：「他怎麼會去你那兒呢？」

方晶氣呼呼地說：「你問我，我去問誰啊？是不是你跟他瞎說了什麼？他一來就非要讓我找你運作雲泰公路項目，我俱樂部的生意做得好好的，運作什麼雲泰公路項目啊？吃飽了撐著啊？」

莫克陪笑著說：「方晶，你先別生氣，我真的沒跟張作鵬說什麼的。」

方晶詫異地說：「那他怎麼會大老遠的跑來北京找我？」

莫克懊惱地說：「這我真的不知道，這傢伙原來托人捎話想跟我見面，被我拒絕了，沒想到他竟然跑到北京去騷擾你，對不起啊。」

方晶說：「原來你不知道這個情況啊，既然不知道，說什麼對不起啊。」

莫克看方晶的語氣緩和了下來，他的心情也放鬆了，就說：「總是給你惹麻煩了，應該說聲對不起的。」

方晶說：「行了，我們不需要這麼客氣了，既然你不知情，那就算了。就這樣吧，我掛電話了。」

莫克趕忙說：「先別，方晶，既然張作鵬把這話題惹了起來，正好我也想問問你。」

方晶頓了一下，說：「什麼意思啊，問我什麼？」

莫克笑笑說：「就是張作鵬跟你說的這件事啊，方晶，雲泰公路項目的資金很快就會批覆下來，馬上就要開始運作了，這裏面有很大的運作空間，如果你有興趣的話，不妨參與一下，保證比你的鼎福俱樂部賺得多。」

方晶失笑說：「老領導，你可不要想歪了，我打電話給你，可不是想要跟你拿項目的，我是心煩那個張作鵬瞎說八道。」

莫克倒覺得張作鵬找上門去未嘗不是件好事，這給他提供了一個很好的機會，也許他可以借此機會告訴方晶他喜歡她，就壯了壯膽子，終於鼓起勇氣說：「方晶，其實有句話我早就想告訴你了，我一直都很喜歡你的。」

方晶心裏不屑地說：你可真夠費勁的，就這麼一句話還要費這麼大勁才說出來，你這個男人也真夠孬了。

方晶故作埋怨地說：「老領導，你怎麼也開始說這種瘋話了？不理你了，我掛啦。」

莫克深怕方晶就此生氣不再理他了，趕忙說：「方晶，你先別掛，我還有事要跟你談呢。」

方晶嬌嗔說：「還有什麼事啊？你再說那種瘋話，我可真的要掛啦。」

方晶的話貌似拒絕，卻以一種撒嬌的語氣說出來，讓莫克覺得也許方晶並不是真心拒絕他，只是因爲嬌羞，不好當面接受他的情意罷了，便說：

「好好，我不說就是了。我想說的是，雲泰公路項目真是很有利可圖的，要不要我們聯手賺上一筆吧？」

方晶遲疑了一下說：「這個嘛，老領導，我現在忙俱樂部還忙不過來呢，怕是真的不能跟你聯手賺這一筆的。」

莫克遊說說：「方晶，你沒算明白這個帳，雲泰公路項目的錢賺起來多容易啊，只要你成立一家仲介公司，從中賺取仲介費就可以了，不用你花費多少精力的。我跟你說，你要是運作好了，隨便一筆就不止你一年賺的。」

方晶說：「沒這個必要吧，我又不是缺錢。」

莫克說：「你是不缺錢，可也沒跟錢有仇是吧？這樣吧，你就當是幫我，跟我一起做這件事好不好？賺了錢大家分。」

方晶猶豫說：「這個嘛，老領導，項目資金不是還沒下來嗎？還是到時候再說吧。」

莫克從方晶的話意中感覺到方晶其實對這個是感興趣的，心裏很高興，心想：只要你感興趣就好，那我們就還有發展的空間。

莫克不想馬上就逼方晶表態，他擔心方晶會被嚇走，還是見好就收，就笑笑說：「是啊，項目資金還沒下來，我們談這些是有點早，那就這樣吧。」

方晶說：「那就這樣，你早點休息。」

莫克說：「行，再見。」

掛上電話，方晶嘴角浮現出一絲笑意，看來莫克的配合度很高，也許這傢伙早就打上這個如意算盤了，他一定是想通過這個項目給自己好處，從而引誘自己投懷送抱吧？哼，想得倒挺美！

雖然方晶說讓莫克早點休息，但是放下電話的莫克卻興奮地怎麼也睡不著，他想的都是方晶說的是不是到時候再說這句話。這句話雖然不是明確的答應了他什麼，卻留有很大的想像空間。

莫克發現，方晶對他似乎並沒有那麼抗拒了，看來巨大的利益還是誘惑了方晶，讓方晶對他慢慢接受了起來。

夢寐以求這麼久，終於有點進展了，似乎曙光就在前方，莫克怎麼會不興奮呢？

張作鵬回到齊州後，就把束濤叫了過去，他對這次北京之行十分惱火，事沒辦成不說，還被一個女人給奚落了一番。

進門後，束濤看張作鵬鐵青的臉，就知道他這趟北京之行不順利，小心翼翼的問道：「怎麼，張董，是不是那個女人不肯跟你合作？」

張作鵬看了看束濤，反問說：「束董，你是從哪裡知道這個叫方晶的女人跟莫克有一腿啊？」

束濤愣了一下，難道他提供給張作鵬的資訊不正確？這個訊息是孟森提供的，按說孟森是不會騙他的，就說：「是孟森告訴我的，怎麼了？」

張作鵬也認識孟森，知道孟森不會騙束濤，就說：

「孟森這消息不準確啊，我費了好大勁才見到這個女人，可是這個女人一口否認她跟莫克的關係，還說是我被人騙了，害我白跑了一趟。不過這個方晶還真是漂亮，漂亮到我都想佔有她，如果我能睡她一次就好了。」

這傢伙真夠鄙俗的了，事情沒辦成不去檢討原因，卻先想到玩女人，真是沒個正經。

束濤說：「不應該啊，當初孟森是很確定的跟我說這個消息的，應該不會有假。會不會是這個女人不願意承認她跟莫克的關係啊？」

張作鵬搖了搖頭，說：「我看不是這樣的，我去鼎福俱樂部看了，也向我的朋友瞭解了一下俱樂部的背景，這家俱樂部裝修的極爲華麗，出入的會員非富即貴，作爲老闆娘，方晶的身價肯定不低。要想睡這個女人，沒有一定的身分地位是不可能的。這可不是莫克那個窮酸樣能夠辦到的。我看是孟森消息管道有問題，搞錯了。」

束濤皺著眉頭說：「也許吧，孟森當時說是從朋友那裏聽來的，我也沒深入瞭解是真是假。」

張作鵬嘆說：「這條路顯然是走不通了，東董啊，那現在我們怎麼辦？」

東濤想了想說：「還是要想辦法接觸一下莫克，不接觸他，項目肯定是拿不到的。」

張作鵬無奈地說：「我也想接觸啊，可是怎麼接觸啊？我總不能闖到海川市委，讓莫克非見我不可吧？何況我也闖不過去啊，門口的警衛直接就把我攔下來了。」

東濤想了一下，然後對張作鵬說：「要不，你還是找孟副省長想想辦法？」

張作鵬瞪了東濤一眼，不高興的說：「東董，你是真不知道還是裝糊塗啊，孟副省長如果能出這個面找莫克的話，我還用費這麼大勁去北京見那個女人啊？」

東濤解釋說：「我的意思不是讓孟副省長直接跟莫克說這件事，而是看看他有沒有別的管道可以跟莫克建立聯繫。孟副省長在東海經營多年，人脈遍及各部門，隨便找一個出來，莫克估計都不敢拒絕的。」

張作鵬聽了，點點頭說：「你說的有道理，行，我找找他。」

張作鵬就撥了孟副省長電話，問孟副省長在哪裡，他想見他。孟副省長說他上午有一個活動，活動完了會去東海大酒店休息，讓張作鵬到時候過去見他。

掛了電話後，張作鵬就對東濤說：「一會兒你跟我去吧，幫我把這個情況說給孟副省長聽。」

兩人吃過午飯後，就去了東海大酒店。

張作鵬熟門熟路的找到了孟副省長休息的房間，敲了門，孟副省長穿著睡衣出來給他們開了門。

看到束濤，孟副省長意外地說：「束董也來了？」

束濤笑說：「省長好，我來，是張董有些情況需要我跟您彙報一下。」

孟副省長笑說：「私底下別說彙報這麼嚴肅，隨便聊聊，坐吧。」

張作鵬和束濤就坐了下來。

孟副省長看著兩人說：「小張，你帶束董來，是有什麼事要跟我說啊？」

張作鵬說：「省長啊，這件事本來我是不想跟您講的，但是現在我有點擺不平了，只好找您想想辦法了。」

張作鵬就把他讓束濤帶話給莫克約見面，莫克卻一口回絕的事說了。

孟副省長聽完，說：「束董，莫克真是那麼說的？」

束濤說：「是啊，省長，莫克說他受過省委書記呂紀的指示，要公開招標，嚴格把關，所以不方便見張董。」

「放他娘的屁！」孟副省長惱怒的罵道：「這傢伙是看我最近諸事不順，就不把我放

在眼中了，他忘了當初想要見我的時候了?!」

顯然莫克的輕慢激怒了孟副省長，這樣可不行，束濤原本是想孟副省長能安排一個莫克必須買帳的人出來，好安排張作鵬跟莫克見上面，可不是讓孟副省長跟莫克衝突起來的。

束濤趕忙陪笑說：「省長啊，您千萬別生氣，跟莫克這種人生氣不值得。」邊說時，束濤還用眼神示意張作鵬，讓張作鵬也勸解一下孟副省長。

張作鵬會意，就笑笑說：「是啊，省長，您犯不著上這麼大的火嘛。」

孟副省長忿忿不平地說：「我是氣呂紀和鄧子峰來欺負我也就罷了，連莫克這個小人竟然也敢不把我放在眼中，他仗著什麼啊，還不是仗著呂紀這個省委書記給他撐腰嗎?」

束濤心說：有呂紀給他撐腰就夠了，形勢比人強，你這個副省長本來就不是省委書記的對手，更何況你最近衰運纏身，就更沒本錢跟人家呂紀鬥了。如果你連這一點都認不清，那莫克輕蔑你也沒什麼錯。

束濤嘴上安撫說：「省長，您先消消火，我和張董來找您，不是想惹您生氣的，是想看您有沒有什麼辦法，能讓我們從莫克手裏把這個項目給爭取過來。」

孟副省長嘆了口氣說：「束董，我現在這個狀況還能有什麼辦法啊，鄧子峰處處針對我，我做什麼他都盯著我，眼下我還真是拿莫克沒什麼辦法。」

束濤說：「話不是這麼說，您雖然不方便出面，但是您在東海的影響力還是在的，您看能不能幫張董找個人出來，讓他幫忙約莫克見見面。」

張作鵬在一旁幫腔說：「是啊，省長，您看看找誰出來做這個中間人比較合適？」

孟副省長想了想說：「這個人需要有點分量，要不，你找省發改委的周華主任，這個項目國家發改委批下來後，省發改委也會給一些配套資金，省發改委的面子莫克還是要給的。這個周華當初幾次在上升的關鍵時刻，我都幫了他很大的忙，想來讓他幫這麼個小忙應該沒問題。」

張作鵬便說：「那我怎麼找周華主任，就說您讓我找他嗎？」

孟副省長苦笑了一下，說：「以前這樣說可以，周華一定會買我這個面子，現在就未必了；我先給他打個電話，問他能不能做這個安排吧。」

孟副省長就撥了周華的電話，接通後，孟副省長說：「周主任，是我，老孟啊。」

周華立即熱情地說：「孟副省長，您找我有什麼指示啊？」

孟副省長說：「談不上什麼指示了，是這樣子的，鵬達路橋的小張，張作鵬你知道吧？」

周華笑笑說：「知道啊，我跟張董還喝過一次酒呢，您提到他是不是有什麼事啊？」

孟副省長娓娓說道：「這個小張跟我的關係還不錯，這不是聽說海川要上雲泰公路項目嗎，小張這個路橋集團也有點實力，就想爭取這個項目，但是他跟海川市的市委書記莫克不是很熟，就找到我，問我能不能幫他找個人帶他去跟莫克熟悉熟悉。我就想說看看你能不能幫小張這個忙，安排他跟莫克見見面什麼的。」

周華遲疑了一下，說：「省長啊，您應該也知道這個項目是省委書記呂紀親自過問的，發改委在這個項目的影響力恐怕也很有限，所以我沒辦法讓莫克把項目安排給鵬達路橋集團的。」

孟副省長說：「我知道，我也沒說讓你把這個項目一家交給鵬達去做，只是想讓你安排莫克和小張見個面，這對你來說，應該不是什麼難事吧？」

周華原本的顧慮是孟副省長要他一定把雲泰公路項目拿給鵬達路橋集團，他自問沒那麼大的影響力，更不願意爲了孟副省長去開罪呂紀。現在聽孟副省長說只是安排見個面就行，等於是去掉了他的顧慮，就笑笑說：

「這我能辦到。這個項目這幾天就能批下來，到時候我讓莫克來齊州，順便安排張董跟莫克見面好了。」

孟副省長滿意地說：「那就謝謝了，周主任。」

周華趕忙說：「省長，跟我就不用這麼客氣了吧。」

掛了電話後，孟副省長對張作鵬說：「小張，你在一旁都聽到了吧，周華可以幫你約著跟莫克見面，但是在拿項目上，他可就無能爲力啦，得靠你自己了。」

張作鵬說：「我知道，您放心，只要我跟莫克見上面，項目的事情我會自己搞定的。」

孟副省長說：「那就這樣吧。」

張作鵬和東濤看目的達到，就識趣地站起來告辭說：「那省長您早點休息，我們就不打攪了。」

兩人從孟副省長房間裏出來，東濤看了看張作鵬說：「張董，你看下一步要怎麼辦？」

張作鵬說：「下一步就是搞定莫克了，你先別急著離開，跟我去公司，我們一起商量一下要怎麼對付莫克。」

兩人便一起回到鵬達路橋集團。張作鵬說：

「東董，我印象中的莫克是個畏畏縮縮的書生，雖然我跟他認識，卻一直沒什麼交情，你說，這樣一個人，我要如何來搞定他啊？」

東濤笑了笑說：「這有什麼難的，要搞定一個男人，無非是兩種辦法，一是用錢，二是用女人。」

張作鵬聽了，笑說：「我也知道要搞定莫克脫不了這兩條道，但是你也知道，莫克這傢伙在人前總是一副一本正經的樣子，我怕這兩種辦法他都會假裝正人君子，加以拒絕的。」

東濤老神在在地說：「要想卸下他的心防，其實很簡單。」

張作鵬趕忙問道：「簡單？怎麼個簡單法啊？」

束濤傳授高招說：「灌他喝酒，喝了酒，他就會放鬆下來，到時候推給他一個美女，他不知道要怎麼樂呵呢。」

張作鵬指著束濤，邪笑著說：「你這傢伙，真是夠壞的，不過你這辦法我想肯定有效，那我就試試好了。」

束濤說：「既然這樣，你就去辦吧，見面這件事我就不參與啦，如果莫克知道我參與了這件事，一定會很反感，那樣對我們來說反而不妙。」

張作鵬點點頭說：「我知道，行啊，我能把莫克給安排好的。」

束濤說：「那我就回去等著聽你的好消息啦。」

張作鵬笑笑說：「你就放心吧。」

第五章

強制停牌

看到海川重機被強制停牌的公告，方晶一下子傻眼了，停牌就意味著股票無法交易，錢就被牢牢的套在了股市裏，那她交給湯言的資金可能就全部套了進去。

方晶的心砰砰直跳，那麼大筆資金被套進去，這可怎麼辦啊？

過了幾天，莫克接到省發改委周華的電話，說是雲泰公路項目國家發改委已經批下來了，讓莫克來省發改委一趟。

莫克一聽，欣喜若狂地說：「真的批下來了，周主任？」

周華笑說：「莫書記，你這話說的真有意思，當然是真的批下來了，我還能騙你嗎？」

莫克高興地說：「那真是太好了，謝謝周主任。」

周華笑笑說：「別客氣了，你趕緊過來吧。」

莫克興奮地說：「你等著，我馬上就去。」

莫克就立即坐車飛奔省城，四個多小時後，到了省發改委周華的辦公室。

周華打趣說：「莫書記，你來得可真是夠快的。」

莫克說：「有錢拿當然快了。批文呢，給我看看。」

周華開玩笑說：「這批文可不能白看，你必須請客才行啊。」

莫克心情大好地說：「請客那還不是小意思嗎？項目配套資金還少不得麻煩你呢，說吧，你想吃什麼？」

周華笑笑說：「一碼歸一碼，配套資金是後面的事，你先把今天的客請了，後面的再說。」

莫克爽快地說：「行，沒問題，不就是請兩次客嘛，海川市還請得起。不過，你大筆一揮的時候，手指縫可要鬆一點，多分點配套資金給我們啊。」

周華說：「那可不是我想多少就能多少的，要大家研究的。」

莫克笑笑說：「我知道，但是研究的時候，你這個省發改委主任可是很關鍵的，你隨便說幾句好話，我們就會得到很多的好處啊。」

周華取笑說：「真是人心不足啊，剛拿到國家的資金，就又算計起省裏來了。行了，我先把發改委的批文給你看。」

周華就把批文給莫克看，莫克一看內容很高興。原來爲了防止國家發改委刪減審批的內容，當初遞出申請的時候，申請的數字比實際需要的數字多，沒想到這次發改委居然全額批覆，比莫克預想的好得太多了。

看完後，莫克十分滿意地說：「真是太好了，這下子我們終於可以動工建設雲泰公路了。誒，周主任，你說我需不需要跟呂書記彙報一下啊？」

周華說：「是應該，這件事呂紀書記盯得比你都緊，項目能這麼快就批下來，他是功不可沒的，你跟他彙報也是必須的。不過今天你恐怕無法當面彙報了，呂書記不在齊州，下去調研去了。你要跟他彙報，等他回來吧。」

莫克說：「那行，就等他回來再彙報吧。誒，周主任，你看我們去哪裡吃飯啊？」

周華笑笑說：「你真要請客啊？」

莫克說：「當然了，今天隨便你點，我都付錢。我現在已經餓了，走，找地方吃飯去。」

兩人便去了齊州大酒店。齊州大酒店算是齊州最豪華的一家酒店，莫克撿了這裏最招牌的菜點了幾樣，然後按周華的要求，開了瓶二十年茅臺。

服務員給兩人倒滿酒後，莫克端起酒杯，笑著說：「周主任，這杯我敬你，感謝你和發改委一直以來對我們海川市的大力支持。」

周華笑了笑說：「莫書記真是客氣。」

兩人碰了杯，把杯中酒給喝光了。

服務員再次給兩人滿上酒，莫克又端起酒杯，說：「好事成雙，我再敬周主任一杯，希望你未來繼續大力支持我們海川市。」

兩人再次把杯中酒給喝了，然後周華又回敬了莫克兩杯，至此兩人還沒怎麼吃菜，就已經喝了四杯酒了。

正當莫克想再跟周華喝上一杯時，有人走了進來，笑著說：

「周主任，我在外面看到你的車子，就知道你來啦。怎麼樣，我進來不打攪你們吧？」

進來的人是張作鵬，莫克臉色暗了一下，他很不想見到這個人。

周華笑笑說：「打攪什麼啊，快來，快來，我正覺得應付不了莫書記的酒量呢，你來了可好，可以幫我擋擋酒了。」

張作鵬似乎這時才注意到莫克，笑說：「原來莫書記也在啊，您什麼時候來的？」

莫克就不好不理張作鵬了，就算爲了周華的面子，他也必須在禮貌上跟張作鵬應酬一下。莫克就笑笑說：「剛到不久，張董，你也來齊州大酒店吃飯啊？」

張作鵬回說：「是啊，我也找地方吃飯呢，所以就過來看看，我還有一個助理在外面，是不是可以一起叫進來啊？」

周華招呼說：「進來吧，這裏又不多一雙筷子。」

張作鵬就把助理也叫了進來。

助理進來的時候，莫克和周華都覺得眼前一亮，原來張作鵬的助理是個很年輕漂亮的女人，個子高挑，皮膚白皙，身材玲瓏有致，一雙大眼水汪汪的，看著你的時候，你都會有快融化進去的感覺。

也不知道張作鵬是不是刻意地，這個女助理竟然有幾分像方晶，原來張作鵬覺得既然有人傳說方晶與莫克有曖昧關係，那就不是空穴來風，肯定兩人間有點什麼。也許正是莫克迷戀方晶，所以特地找來一個長相很近似方晶的女郎。

可惜的是，莫克似乎對這個女人無感，他看了一眼女郎後，眼神就低垂了下去，完全辜負了張作鵬的一番苦心。

這也難怪，女人給人的感覺是一個整體，而並非僅僅是長得什麼樣子。這個被張作鵬介紹稱爲寇靜的女人，雖然長相有點像方晶，但氣質各方面卻跟方晶差得不止一個檔次。方晶氣質雍容華貴，豔麗不可方物。而這個寇靜卻是給人一種小家碧玉的感覺，雖然也很可愛，卻絕對不會讓人從她身上想到方晶身上去，起碼莫克沒有這種感覺。

由於總共就四個人，寇靜很自然的就坐到了莫克的左手邊，張作鵬則坐在莫克的對面。坐定後，張作鵬說：「周主任，莫書記，你們今天坐在一起，是有什麼題目嗎？」

莫克不想讓張作鵬知道他是爲了雲泰公路項目而來的，就含糊說：「也沒什麼題目，就是請周主任隨便坐一下。」

張作鵬聽了說：「那就好，你們沒題目我也就隨便一點。來，寇靜，給周主任和莫書記把酒填滿，我要敬他們一杯。」

莫克看了張作鵬一眼，很懷疑張作鵬今天是故意闖上門來的，就不太想跟張作鵬喝這杯酒，便蓋住杯口，搖搖頭說：「張董啊，這酒可是不能這麼添的。」

張作鵬心裏狂罵不已，你這個莫克真是小人得志啊，在省委的時候，見了我跟孫子似的，現在做了市委書記，飛上枝頭做鳳凰了，竟敢給我臉色看了。

氣歸氣，張作鵬還不得不陪著笑臉，說：「怎麼，莫書記不肯賞我這個面子？」

莫克笑笑說：「看張董你這話說的，你能敬我的酒，那是給我莫大的面子，不過，酒桌上是有規矩的，張董可不能亂了規矩啊。」

張作鵬總覺得莫克的話中帶著譏諷的意味，尤其是那句「莫大的面子」，似乎是有意在諷刺他以前對莫克的冷淡。

不過，他以前對莫克的確是有些看不起，也就沒有跟莫克建立良好的互動，此刻莫克的刁難也是當初他種下的因果，不能都怪莫克。張作鵬就笑了笑說：「莫書記，不知道我亂了什麼規矩啊？」

莫克說：「你看，張董來之前，我和周主任已經喝了四杯了，你如果就這麼敬我和周主任，顯然是不公平的。」

周華在一旁笑說：「這個莫書記倒沒說錯，酒桌上是有這個規矩，要敬酒的話，得先把前面的補上。」

莫克說：「是啊，張董如果不想補上這個酒，也無所謂，大家隨便喝喝就好，就不要敬了。」

東海的酒桌上確實有這個規矩，張作鵬雖然心知莫克是故意爲難他，卻也挑不出什麼不是來，他酒量不錯，也不怕補上這幾杯酒，就豪邁地說：「不就是四杯酒嗎？行，我補上就是了。」

說著，莫克拿了一個大杯子過來，量了四杯白酒倒了進去，張作鵬二話不說，拿起杯子咕咚咕咚就喝了下去。

看張作鵬喝白酒像喝白開水一樣，莫克心裏也有些發毛，雖然他也喝掉了四杯，但他那四杯是分開喝的，還有個緩衝，哪裡有辦法像張作鵬一口氣這麼喝下去。

不一會兒，張作鵬就把大杯中的四杯白酒給喝掉了。

周華看著有點不忍心，趕忙說：「張董，趕緊吃口菜。」

張作鵬笑說：「周主任，你不用擔心我，出去談項目的時候，我常常一口氣喝掉一瓶白酒的，比這四杯還多呢。」說著，又看了看莫克，說：「莫書記，我敬酒權已經爭取到了，你是不是可以讓寇靜爲你添酒了？」

莫克笑了笑，把捂住杯口的手拿開了，說：「當然可以。」

張作鵬說：「寇靜，給莫書記和周主任滿上。」

寇靜就給莫克和周華、張作鵬倒滿酒，張作鵬端起酒杯，說：「相請不如偶遇，今天正好碰到周主任和莫書記，也是緣分，來，爲了我們的緣分乾杯。」

周華端起酒杯，說：「來，莫書記，人家張董已經把前面的酒補上去了，我們再不喝就不夠意思了吧？」

莫克便端起了酒杯，說：「我也沒說不喝啊。」

喝掉這一杯之後，張作鵬笑說：「一杯不成敬意，寇靜，再給周主任和莫書記滿上。」

莫克感覺自己已經有些酒意了，擔心喝多了出醜，趕忙說：「張董，我今天已經喝得不少了，不能再喝了。」

張作鵬搖搖頭說：「莫書記，你這就不夠意思了吧？」

莫克推拒說：「真的已經有點多了。」

張作鵬便看了看寇靜，說：「寇靜，你這個助理可幹得不太成功啊，怎麼連莫書記的一杯酒都添不下去啊？再這樣子下去，我恐怕要炒你魷魚了。」

寇靜就轉頭去看莫克，陪笑說：「莫書記，您看，這杯酒是不是讓我添上？不然的話老闆就要炒我魷魚了。」說著，就伸手去拉著莫克的胳膊撒嬌似的搖晃著，嬌聲說：「好不好啊，莫書記。」

莫克受不了這個陣仗，趕忙把胳膊抽了出來，正色說：「別這樣拉拉扯扯的，成什麼樣子。」

寇靜甜聲說：「我也不想這樣子啊，但是我如果不把酒添上，老闆就要炒了我，那樣莫書記您就害得我失業了。」說著，又要伸手去拉莫克的胳膊。

莫克要在周華面前維持形象，趕忙閃開，說：「好了，好了，我讓你添酒就是了。」

張作鵬在一旁看著莫克的局促樣，心裏瞧不起地說：這傢伙就算做了市委書記，也還是那麼一副寒酸相。

酒杯再次滿上，張作鵬端起酒杯，又連說帶勸地讓莫克把杯中酒給喝了。

喝了這杯酒，莫克就開始感覺臉頰有點發熱發脹了，心說再這麼喝下去的話，他肯定要喝醉了。

正在莫克想著要怎麼想辦法不再喝的時候，張作鵬又對寇靜說：「寇靜啊，今天你有幸見到兩位大領導，難道你就一點表示都沒有嗎？」

寇靜甜甜地笑說：「當然有啦。」

寇靜就站了起來，說：「周主任，莫書記，兩位領導也聽到了吧，我老闆對我有意見了，看來我不敬兩位一杯酒是交代不過去的。這樣，我也按規矩來，先把前面的補上。」

說著，寇靜也拿過一個大杯，開始往裏面倒酒。

看這女人絲毫不慌亂的架勢，莫克就知道這個女人肯定也很能喝。想到這裏，莫克心裏忽然一驚，看來張作鵬今天是有備而來，是不是設下了什麼圈套等他來鑽啊？

就算張作鵬沒設下什麼圈套，看今天這個架勢，他是非把自己給灌醉了不可。自己是海川市市委書記，如果真要喝醉，出了什麼洋相，傳出去可是很丟臉的。

莫克知道這酒他是不能再喝了，可是張作鵬和寇靜兩人一唱一和的，想要不喝，還真是很難。除非……

莫克忽然捂著嘴，做出一副要嘔吐的架勢，一邊站起來往外走，一邊說：「我去趟洗手間。」說著，就走了出去。

莫克出了包間，沒進洗手間，而是拿出手機打給在外面吃飯的司機，讓司機趕緊來接他，逃離了齊州大酒店。

司機開出一段距離之後，莫克這才拿出手機，打電話給周華。

周華接通後，莫克就道歉說：「不好意思啊，周主任，我不勝酒力，先走一步了。」

周華抱怨說：「莫書記，你不好這樣子的吧？」

莫克笑笑說：「我真的不行了，周主任，今天闖上來的那兩位簡直就是酒缸，任誰都受不了。真是很抱歉，改天我專程給你賠罪，今天就先逃席了，不然的話，我怕是要當場出洋相了。」

周華本就心中有鬼，也就不好硬留莫克，只好說：「是啊，這個老張搞得是有點太過頭了，說賠罪就言重了，只要你沒事就好了。」

莫克說：「那行，我就回海川了。」

這邊莫克掛了電話，周華不禁埋怨張作鵬說：「張董，你今天這架勢是想幹嘛啊？是想跟莫克拉上關係，還是想要來整人的？」

張作鵬看了周華一眼，說：「怎麼了，莫克逃走了？」

周華沒好氣的說：「你這個架勢連我都想逃，你帶這麼個酒缸來幹嘛，嚇唬人啊？你以前又不是沒接觸過莫克，你不知道這傢伙一向謹小慎微的嗎？他敢跟你拼這麼多酒嗎？」

張作鵬尷尬地說：「我是做得有點過頭了。」

周華不高興地說：「豈止是有點過頭，簡直是太過頭了，本來很簡單，一起吃吃飯，套套交情，然後你找個題目去海川拜訪他一下，想辦法建立起關係來，不就行了嗎？這倒好，你帶這麼個酒缸來，莫克一看就知道你是有備而來的，你這樣子，連我也被你牽連到了，知道嗎？他一定會認為是我跟你聯手設了局，一起想要對付他的。這下可好，你也不用再想讓我幫忙了，以後的事你自己看著辦吧。」

周華越想越是惱火，他安排張作鵬跟莫克見面，是磨不過孟副省長的面子，不得已而為之，如果被呂紀知道了，他這個發改委主任就有點不好交代了。

他本來就有些擔心，卻又出現莫克逃席的情況，讓周華心中也很不爽，因此說完後，便也站了起來，離開包廂走了。

見莫克和周華接連離開，氣得張作鵬抬手就給了寇靜一個耳光，罵道：「你這個成事不足敗事有餘的傢伙，我讓你來，是讓你去勾引莫克的，你看你都做了些什麼啊？」

寇靜委屈的說：「我也想勾引他啊，但是老闆，你也看到了，我只是拉拉他的胳膊，他都嚇得趕緊掙脫掉，根本就不敢跟我接近，你讓我怎麼去勾引他啊？」

「媽的，估計這傢伙一定是那方面出問題了，居然對你都不感興趣，」張作鵬氣惱地罵道。

罵歸罵，張作鵬心中也對莫克毫無辦法。原本他請來這個很像方晶的女人，是想灌醉莫克之後，把他們兩人送作堆，然後再根據情況發展看要怎麼辦。

如果莫克懂事，願意把雲泰公路項目交給鵬達路橋集團來做，那張作鵬就把寇靜送給莫克做情人；如果莫克不肯把項目交給他做，那他就用莫克跟寇靜發生關係這一點去脅迫莫克就範，或是檢舉莫克跟女人有不正當關係，讓莫克這個市委書記做不下去。

這個計畫本來設計得好好的，張作鵬覺得他事先做了萬全的準備，莫克沒有不上鉤的道理。誰知道莫克對寇靜根本就沒有興趣，甚至還逃席而去。現在可好，不但莫克沒跳進陷阱裏，連帶還開罪了周華，真是沒打著狐狸，還惹了一身騷啊。

打完電話後的莫克，酒勁衝上了腦袋，再也支撐不住，就在車上醉倒了過去。等到了家，他已經醉得不省人事，還是司機把他送進門，服侍他休息的。

第二天早上醒來，莫克感覺到頭痛得要命，費了好大勁才想起來昨天在酒桌上發生了什麼事。

莫克暗自慶幸自己早走一步，如果他不逃席，當場醉倒的話，後面會發生什麼事，還真是不可預料；萬一真的被張作鵬設計，掉進陷阱，那他可就得任由張作鵬擺佈了。

莫克心中有點怨恨周華，這傢伙也是的，怎麼會幫著張作鵬來設計他呢？另外，昨天連帳都沒結就離開了，會不會開罪了周華啊？

別看這個省發改委主任級別不是太高，卻掌控著全省資金調配的財政大權，輕易開罪不得的。而且雲泰公路項目啓動在即，省發改委會給多少配套資金還是個未知數，此刻得罪周華實在是有些不智。

看來有必要去見見呂紀，讓呂紀幫忙催著省發改委把配套資金趕緊批下來，莫克就給呂紀撥了電話。

莫克強打起精神說：「呂書記，我要跟您報喜，雲泰公路項目在您的運籌帷幄之下，發改委已經批覆下來了。」

呂紀笑了笑說：「這件事我已經知道了，你大概不是跟我報喜，是想讓我催省發改委儘快安排配套資金吧？」

莫克不好意思地說：「我就知道瞞不住您，是啊，能不能請您跟省發改委打聲招呼，讓他們多給我們安排些資金？」

呂紀笑說：「你還真是很貪心啊，剛拿到國家的資金，就來盤算省裏的資金了。好了，這件事情我會幫你們海川留意的。」

莫克感激地說：「那謝謝呂書記了。」

呂紀又交代說：「行了，我還在調研，就不跟你多聊了，後天我就回齊州了，你過來一下，我有話跟你說。」

兩天後，莫克去省委見了呂紀，呂紀看了看莫克，稱讚說：「這一次你做得不錯，關鍵時刻你還站穩了腳跟。」

莫克愣了一下，納悶地說：「呂書記，您這是什麼意思啊？」

呂紀笑笑說：「鵬達路橋集團的張作鵬不是跟你見面了嗎？」

莫克驚出一身冷汗，想不到呂紀竟然知道張作鵬跟他見面的事，幸好自己那天沒出什麼洋相，不然被呂紀知道了，還不被罵個狗血淋頭啊？

莫克乾笑了一下，說：「呂書記，您怎麼也知道這件事？」

呂紀譏刺地說：「一個市委書記像喪家犬一樣從包廂裏逃了出來，連吃飯的帳都不結了，匆匆就離開齊州大酒店，齊州這個地面本來就不大，這種難得一見的場面自然很快就會傳開來的。」

莫克一臉尷尬地說：「呂書記，您聽我解釋，我那天真的不是想去跟張作鵬見面的，我是看到發改委給雲泰公路項目的批文，專門請周華主任的。沒想到張作鵬會在半路闖了進來。周華主任要留他，我不好拒絕，誰想到這傢伙越弄越不像樣，一個勁地敬酒，想要把我給灌醉，我看情形不好，就藉口上廁所尿遁了。」

呂紀說：「你別怪罪周華，周主任在幾次的升遷過程中，都得到過孟副省長很大的幫助，他也有人情要還。」

莫克恍然大悟說：「原來是這樣子啊。」

呂紀說：「你這次表現的還不錯，沒有受到誘惑，守住了自己的原則。莫克同志，現在項目就要下來了，你跟我說一下，你要怎麼安排這個項目啊？」

莫克想了想，說：「書記，我是這麼想的，這個項目是國家重點扶持的項目，對此，一定要抓好各項工程建設，確保把這個項目給建好。」

呂紀搖搖頭說：「不要跟我說這些套話，說點實際的。」

莫克說：「實際就是我們要把這個項目公開向全國招標，通過公開公正的程序選出合適的路橋公司來建設好這條公路，確保不會發生任何的問題。」

呂紀盯著莫克說：「莫克同志，我會記住你今天跟我做的這個保證，也希望你能身體力行的實現這個保證。」

莫克挺直了腰板說：「呂書記，請您放心，我一定會實現自己的承諾的。」

呂紀心想：我就是對你不放心才把你叫來的，儘管你跟我說的話很漂亮，但是究竟說

的跟做的是不是一樣，我還真是不敢放心。

呂紀覺得還是要敲打一下莫克，讓莫克不要重蹈舊城改造項目的覆轍，便說：「我希望你能兌現自己的承諾，現在很多領導幹部都是兩面人，公開場合滿嘴的仁義道德，背地裏卻是什麼事都幹得出來，我希望你不是這種人。我說的意思你能明白嗎？」

莫克重重地點了點頭，說：「呂書記，您是教誨我要謹守政策法律的底線，不要腐化墮落。這個請您放心，我不會有任何腐化墮落的行爲的。如果您發現我有什麼腐化墮落的行爲，您可以把我從幹部的隊伍中加以刪除。」

「刪除，」呂紀笑了起來，說：「你這個詞用的很新鮮啊。」

莫克笑說：「一時口誤了，應該是清除出幹部隊伍才對。」

呂紀笑笑說：「刪除和清除，意思沒太大區別，都是把有害物質給去除掉。我希望你要注意的是，你真要有什麼腐化墮落行爲，可就不是像做考題一樣，錯了就可以刪除掉重來的，這個刪除，恐怕你永遠沒有再次重來的機會了。」

事先沒有任何徵兆的，海川重機突然被證交所強制停牌了，何時復牌還無法確定。

下午方晶去鼎福俱樂部，開了電腦，打開證券交易軟體，想要看看海川重機股價漲沒漲。

自從她參與海川重機的重組後，看海川重機股價漲跌已經是她下午一到俱樂部必做的事。她的情緒也隨著股價的漲跌而起伏，漲了，這天她的心情就會很好，跌了就會很差。

看到海川重機被強制停牌的公告，方晶一下子傻眼了，停牌就意味著股票無法交易，買不進也賣不出，股民的錢就被牢牢的套在了股市裏，那她交給湯言的資金可能就全部套了進去。

方晶的心砰砰直跳，那麼大筆資金被套進去，這可怎麼辦啊？

她穩定了一下心神，趕緊打電話給湯言，問湯言是怎麼一回事。湯言接了電話，說他已經知道這件事了，目前正在跟證交所溝通，讓方晶不要著急，他會把這件事情處理好的。

湯言說完，沒等方晶有所反應，就匆忙掛了電話。顯然是怕方晶又要吵鬧投資損失的事，所以不等她有所反應，就先掛了電話。弄得方晶愣神了好半天，意識到問題嚴重了。

湯言這個樣子，反倒讓方晶更加慌亂，她感覺湯言失去了往常的鎮定，一定是發生了什麼特別的大事，讓湯言失去對局勢的掌控，所以才會這麼失常的。

方晶很著急，有心想再打電話過去質問湯言，讓湯言把事情說清楚。不過她很快就放棄了這個念頭，她很清楚湯言的行事風格，湯言如果想說清楚，剛才在電話裏就會說了。如果他不想跟她說，她打去也無法得到滿意的答案。

可是不查清楚究竟發生什麼事，方晶的心就平靜不下來，坐立不安了半天，方晶突然想起這件事傅華也許知情，就趕忙撥了傅華的電話。

傅華很快就接通了，小聲問道：「方晶，找我有事嗎？」

方晶奇怪的問：「你在哪裡啊，怎麼說話這麼小聲啊？」

傅華說：「我在醫院陪鄭莉產檢呢，她的預產期快到了。」

方晶說：「你倒真是模範丈夫啊，這麼說，海川重機出事了你不知道？」

傅華詫異地說：「海川重機出事了？我不知道啊，我陪鄭莉來醫院，沒有看新聞。海川重機出什麼事了？」

方晶說：「出大事了，海川重機被證交所強制停牌了。」

「什麼？」傅華驚叫道：「怎麼會這樣子，爲什麼會強制停牌啊？」

方晶苦笑著說：「爲什麼停牌我也不清楚，我打電話給你，就是想問這件事情的。」

傅華說：「你問我有什麼用啊？你沒問湯言出了什麼事嗎？」

方晶嘆說：「我問啦，可是湯言不肯跟我說出了什麼事，只說他知道出事了，正在跟證交所溝通，然後就掛了電話。我看他這麼緊張的樣子，事情一定是嚴重了。傅華，我要怎麼辦呢，我很大一筆錢可全都套在裏面了，如果拿不出來可就慘了。」

傅華安慰她說：「你先別急，沒那麼嚴重。湯言既然說在溝通，就說明事情還是有辦法可想的。這件重組案，湯言的投入比你大，一定不會讓海川重機就這麼被停牌的。」

方晶心煩地說：「可是如果真的像你說的這麼輕鬆，湯言爲什麼不跟我解釋清楚呢？不對，一定是很嚴重了。傅華，你幫我問問湯言好不好，這事不弄清楚，我的心始終安定不下來。」

傅華一口答應了：「好，我幫你問一下湯言。」

方晶催促說：「你快一點啊，我等你的電話。」

傅華就趕緊打電話給湯言，湯言一開口就說：「傅華，你如果想問海川重機爲什麼停牌，那你就不要問了，我現在正在調查這件事，沒辦法告訴你答案，也沒時間跟你解釋，如果你沒別的事情，我就掛了。」

這傢伙倒直截了當，不過傅華不能就這樣甘休，方晶還等著答案呢，便說：「可是湯少，方晶放心不下，你是不是可以簡單地跟我說一下究竟發生了什麼事？你總該知道一點吧？」

湯言不耐煩地說：「我還想知道究竟發生了什麼事呢，你倒挺替那個女人操心的，你又去招惹那個女人幹嘛啊？是不是你們之間已經有一腿了？」

傅華說：「別瞎說！什麼有一腿啊，是她打電話來問我發生了什麼事，我看她很著急，所以才想問問你。」

湯言聽了說：「沒有一腿就不用操這麼多心了，你就告訴她，我在處理中就行了。傅華，這個女人不是什麼善類，你還是離她遠一點比較好。行了，我還有很多事等著處理呢，掛了。」

湯言就掛了電話，傅華愣了一下，也覺得這次湯言是有些失去了常態，看來問題一定很嚴重了。

傅華正在愣神的時候，手機響了起來，方晶的電話打了過來，傅華可以體會方晶焦躁的心情，就趕忙接通了，說：「方晶，我剛才打電話給湯言了，他說他也在調查究竟發生了什麼事，他說他現在也不知道。」

方晶越發著急起來，說：「傅華，我說事情嚴重了吧？連湯言都不知道狀況，完蛋了，這下可被這傢伙害慘了，本以爲這傢伙背景很硬，跟著他只有賺錢，沒有賠錢的，誰知道會這樣！他沒說要去找他父親嗎？他父親如果出面，這件事情不就能馬上解決了嗎？」

湯言的父親雖然是高官，卻也不是可以爲所欲爲的，方晶說讓湯言找他父親出面解決問題，顯然不切實際。

傅華感覺方晶有點亂了陣腳，便安撫她說：「方晶啊，你別急，這時候你急也沒什麼用，這樣只會自己給自己添堵。」

方晶煩躁的說：「那我怎麼辦啊？總不能就這麼乾坐著，什麼辦法也不想吧？」

傅華說：「你先別慌，等會兒鄭莉產檢完，我陪你去找個人問問究竟是怎麼回事。」

方晶好奇地說：「你還有別的認識的人能知道這件事？」

傅華說：「前段時間我跟頂峰證券的業務經理接觸過，想來她也許會知道點內幕消息的。」

方晶便說：「那你在什麼醫院，我一會兒過去找你。」

傅華不想讓鄭莉看到方晶找到醫院來，現在鄭莉離預產期越來越近，情緒也有點難以控制。傅華不想去刺激她，便說：

「你別這麼急嘛，這事也不是一時半會兒就能解決的。再說產檢完，我還要送鄭莉回去。你耐心的等一會兒，我送鄭莉回去後，就去鼎福俱樂部跟你會合。」

方晶說：「好的，那你快點，我現在的心火燒火燎的，都不知道是個什麼滋味。」

傅華說：「我儘量。」

掛上電話，傅華就回去看鄭莉產檢的情況。

鄭莉看到他回來，關心地說：「怎麼電話打這麼久？是不是駐京辦出了什麼事了？」

傅華握住了鄭莉的手，說：「不是，駐京辦沒什麼事，是海川重機被證交所強制停牌了，有朋友打電話來問我出了什麼事。」

鄭莉聽了，也訝異地說：「海川重機被停牌了？怎麼回事啊，你沒問湯言發生什麼事嗎？」

傅華說：「問了，不過湯言也說不清楚，他也在調查當中。行了，你別管了。誒，大夫，我老婆和孩子怎麼樣？」

大夫笑笑說：「都挺好，產婦健康，胎位很正，估計到日子順產沒什麼問題。」

檢查完，傅華就把鄭莉送了回去，然後匆忙趕去鼎福俱樂部。

方晶一看到傅華的車，就匆匆走了出來，上了傅華的車，說：「走吧，去你朋友那裏吧。」

傅華就掉頭往頂峰證券的方向開。方晶看了傅華一眼，說：「不好意思啊，我不該在鄭莉產檢的時候打攪你的。」

傅華笑說：「這種客氣話就不要講了，我知道現在你的心情一定很急，想早點知道發生了什麼事。」

方晶苦笑一下，說：「我爲了錢這麼緊張，讓你見笑了吧？」

傅華說：「誰不爲錢緊張啊，當初我爲了建海川大廈買地，被人一下騙去了一千多萬，那時候我站都站不穩，差點癱倒在地上，心想我讓市裏面一下子損失了這麼大一筆錢，要怎麼才能彌補這個損失啊？你看，我也是爲了錢緊張的人啊。彼此彼此，你沒什麼不好意思的。」

方晶笑說：「你也有這麼糗的時候？」

傅華點點頭說：「人心莫測啊，那件事是我老同學的丈夫設局陷害我的，所以我才毫無警惕。」

方晶笑笑說：「謝謝你了傅華，你這麼說，讓我的心情放鬆很多。誒，鄭莉產檢還好吧？」

傅華點點頭，說：「醫生說產婦很健康，胎位很正，到時候順產沒問題。」

方晶羨慕地說：「看你一臉幸福的樣子，我也真想趕緊找個人嫁了，到時候就有人呵護我了，也省得我還要這麼擔驚受怕的。」

傅華聽了說：「誰不讓你找了，趕緊找啊。」

方晶瞟了傅華一眼，有意地說：「哪有那麼合適的。」

說話間，就到了頂峰證券，傅華帶著方晶進去找到談紅。

談紅看傅華帶了一個美女進來，打趣說：「誒，傅華，你這可不行啊，趁著老婆大肚子，就帶著美女四處走，這要讓鄭莉知道還不氣死？」

傅華趕忙說道：「談紅，別開這種玩笑了，這位是鼎福俱樂部的老闆娘方晶。」

談紅笑著搖搖頭說：「鼎福俱樂部可是京城有名的娛樂場所，傅華，你還真有一套，老是跟一些年輕漂亮又有錢有勢的女人來往，這才幾天呢，就又有了新朋友了，厲害啊。」

方晶看出談紅跟傅華之間很熟悉，可以隨便開這種很親密的玩笑，覺得兩人的關係八成有些曖昧，心裏莫名的泛起了一陣酸味，就說：

「傅華，你可沒說你的朋友是位美女啊，看這位談經理的口吻，似乎也把自己定位在年輕漂亮、有錢有勢的女人中吧？」

傅華看兩個女人都有些語氣不善、針鋒相對的樣子，似乎是在爲他爭風吃醋，不禁暗自後悔不該把方晶帶過來。早知道這樣，他應該自己先來問談紅，再跟方晶講發生了什麼事。

第六章

越軌行為

孫守義在清醒的時候很有分寸，雖然他也會回應劉麗華的玩笑，卻沒有絲毫越軌的行為。劉麗華知道孫守義只有在酒醉的時候，才會失去對行為的控制，也才可能給她進一步接近他的機會，劉麗華就開始耐心的尋找時機。

爲了避免尷尬，傅華趕忙說：「兩位，我們先談正事好不好？談紅啊，我想你也看到海川重機被停牌了吧？」

談紅笑說：「原來你是爲這件事來的，那這位方老闆是不是也是新和集團的股東啊？」

傅華說：「是的，她看到海川重機被停牌，很著急，想要知道究竟發生了什麼事。」

談紅聳了聳肩說：「究竟發生什麼事，你們可以去問湯言啊，問我，我哪知道？」

傅華陪笑著說：「你別這樣，談紅，如果湯言肯告訴我們，我們就不會來找你了。你跟我們說一下吧，方晶真的很著急。」

談紅笑了起來，說：「傅華，方晶著急關我什麼事啊？我有義務讓她不著急嗎？」

傅華臉色變了，正色說：「談紅，別開這種玩笑了好不好，如果你知道的話，就把情況告訴我，如果你不知道，那說一聲，我們就離開。」

談紅看傅華的臉板了起來，知道玩笑再開下去的話，傅華就要惱了，就說：「你真是不識逗，好啦，我跟你說，海川重機被強制停牌，是因爲被人舉報海川重機股東涉嫌利用持股的優勢操縱股價，現在舉報信送到了證監會稽查大隊那裏，稽查大隊正在調查這件事，可能要對海川重機立案調查。」

「怎麼會這樣啊？」方晶聽說要對海川重機立案調查，急急追問道：「誰會閒得沒事舉報這件事啊？」

談紅笑了起來，看著傅華說：「傅華，你這位女朋友真是有意思啊，是啊，沒有人會閒著沒事舉報這件事的，人家舉報這件事，肯定是有目的的。」

方晶看了看談紅，說：「談經理，這麼說，你知道是誰做的了？」

談紅說：「你要我說出確切是誰做的我沒辦法，但是懷疑目標我還是有的。」

方晶急問道：「那是誰啊？」

談紅指了指傅華，說：「是誰你問他吧，他應該知道是誰。」

方晶便轉頭去看傅華，疑惑地問道：「傅華，你知道是誰？」

傅華說：「可能是蒼河證券的人做的。」

方晶眼中懷疑的成分更多了，看著傅華問道：「你怎麼知道是蒼河證券？」

傅華閃躲著方晶的眼神，說：「湯言曾經狙擊過蒼河證券，狠狠地坑了他們一下。好了，我們先別說這些了。談紅，你告訴我，這次湯言會不會出什麼問題啊？」

傅華轉移話題，是不想面對方晶的眼神，蒼河證券狙擊湯言的事他早就知道，但是因爲湯言的要求，傅華沒把這件事跟方晶說。這一點，傅華心中一直有些愧疚，他知道方晶拿他當做可以信賴的朋友，他卻把這麼關鍵的消息隱瞞著不告訴方晶，顯然很不應該。

不過，方晶此刻最關心的是湯言會不會有什麼麻煩，因而沒注意到傅華躲閃她的眼神，也趕緊問道：「是啊，談經理，湯言這次會不會有什麼大麻煩啊？」

談紅分析說：「要說湯言一點麻煩都沒有，也是不可能的，但是還不到大麻煩的程度。這次估計是湯言被打了一個猝不及防，一時之間還沒反應過來。只要他反應過來，問題可能馬上就會冰消瓦解了。」

方晶有點不相信，說：「真的嗎，談經理？不會這麼簡單吧？」

傅華也說：「是啊，談紅，我看湯言這次也很緊張，好像問題很嚴重的樣子。」

談紅笑了起來，說：「不會的，證券市場上能夠占有一席之地的，哪一路神仙不是神通廣大？怎麼會被輕易的扳倒呢？湯言也算是在股市上縱橫多年，他建立起來的操作團隊以及操作手法，都是經過實戰考驗過的，哪會被一次小小的舉報就打倒呢？如果真是那樣，他早就被蒼河證券扳倒了，也不會等到今天了。更何況，他背後還有一個那麼高級別的父親呢。」

傅華聽了說：「你說的也有道理，不過，既然是這樣，爲什麼湯言還那麼緊張呢？」

談紅說：「他爲什麼那麼緊張我也說不準，不過，我猜很可能是他的操作團隊內部出了叛徒。你要知道，能讓稽查大隊這麼重視這件事，肯定那封舉報信中的內容是有真材實料的，除非內部出了叛徒，外人根本就就不會知道這些內部機密。湯言肯定察覺到內部出了漏洞，這個漏洞不查出來，很可能會讓他的操作團隊徹底瓦解。所以我猜得不錯的話，此刻湯言一定是在召集手下的人員，進行內部審查呢。」

方晶半信半疑的說：「真是這樣子的嗎？」

談紅說：「當然是真的了。你們不懂這裏面的操作手法，我是懂得的，湯言的操作手法很高明，他在全國各地的證券行建立了幾百個帳戶，帳戶上的資金都是從不同地方分別存進去的，所以這幾百個帳戶相互之間毫無關聯。稽查大隊要想查清楚，非下大力氣。恐怕他們還沒開始，湯言就會想辦法把帳戶給更新掉。稽查大隊如果短時間內查不出什麼問題，湯言就會給證監會施加壓力，迫使稽查大隊放棄調查，所以常規來說，這次湯言應該是有驚無險的。」

傅華聽了，稍稍放下心說：「希望是這樣子吧，談紅，謝謝你了。」

談紅笑笑說：「跟我還客氣什麼。」

傅華看看還有些猶疑的方晶，勸說：「好了，方晶，你別再擔心了，既然談紅說是有驚無險，那就應該沒大問題。是不是我們可以回去了，談紅還要工作呢。」

談紅說：「其實你真是沒必要擔心，你看中國股市建立這麼多年，處罰過幾個人啊？數得出來的處罰案例，處罰的都是些不起眼的小蝦米，根本就沒那些大鱷們什麼事。」

傅華笑笑說：「你都聽到了吧，方晶，沒事的，我們回去吧。」

方晶這才點點頭說：「是啊，我們是該回去了。談經理，打攪你了。」

傅華將方晶送回了鼎福俱樂部，就回去了。

再次回到辦公室的方晶心神安定了很多，平靜下來的她，理智許多，也知道眼下光著急是沒有用的，她再著急，也還是要等湯言把事情處理好才行。證券這行業，她這個外行人也插不下手去。

方晶拿起水杯喝了口水，剛才光顧著著急，這時才覺得嘴乾得要命。

剛喝了口水，方晶就把水杯放下了，她忽然想起一個剛才被她忽略掉的細節，愣在那裏。

方晶想到談紅在說起是誰舉報湯言時，順手指著傅華，說傅華知道。這說明什麼？說明傅華早就跟談紅討論過湯言炒作海川重機股票的事，而且傅華早就知道湯言和蒼河證券之間的矛盾。那爲什麼自己問過他那麼多次海川重機重組的情況，他對此卻隻字未提呢？甚至還跟自己說湯言的操作不會有什麼問題，要自己放心把一切交給湯言去處理？難道傅華是在幫湯言刻意隱瞞事實嗎？

想到這裏，方晶緊張了起來，自己一向拿傅華當做可以信賴的朋友，什麼事都跟他說，他卻在這麼關鍵的問題上隱瞞自己，這算什麼啊？傅華這麼做對得起自己嗎？枉費自己對他那麼好，他怎麼能夠這樣對自己呢？

方晶有種被背叛的感覺，她抓起電話，想要打電話去質問傅華。不過想了想，她又把電話放下了，她覺得可能是自己多心了，也許當時傅華沒意識到會發生今天這種後果，所以才沒跟她說吧？

這時候，方晶寧願選擇相信這個自己喜歡的男人，心中在幫傅華尋找他這麼做的理由，不過，她心中已經起了巨大的波瀾。

海川。

雲泰公路項目的批覆終於下到市裏了，省發改委在呂紀的特別關注下，對這個項目很優待，給了五億多的配套資金。海川市發改委接到批覆後，孫守義就趕緊找到金達，把批覆拿給金達看。

金達看了，笑笑說：「不錯啊，莫書記的努力沒有白費，雲泰公路項目終於可以上馬了。」

孫守義不禁說：「莫克這下子又有了可以吹噓的本錢啦。」

金達聽了，笑說：「不管怎麼樣，對海川來說總是好事一件嘛。」

孫守義說：「對莫克來說也是好事一件，市長，您聽說了沒有，前幾天已經有人找莫克公關了。這次我們的莫克書記倒是不錯，沒讓人給攻下來。」

金達笑了笑說：「我聽說了，是鵬達路橋集團的張作鵬托發改委的周華主任找到了莫克，據說呂書記對此次莫克的表現也很滿意，還特別表揚了他呢。」

孫守義好奇地問金達說：「市長，您怎麼看張作鵬公關莫克這件事？我覺得事情沒這麼簡單。」

金達說：「老孫，你這是什麼意思啊？你覺得這裏面有問題？」

孫守義懷疑地說：「我覺得一定有問題，但是不知道問題在哪裡。我只是覺得莫克好像突然改性了，很不像他原來的行事風格。從舊城改造項目招標那件事上看，他不該是這種講原則的人啊？你說這裏面是不是有什麼貓膩啊？」

金達聽了笑說：「老孫，你也別把莫克想得那麼壞，上次他已經受過教訓了，這回莫克應該不會再出什麼問題吧？」

孫守義不以爲然地說：「這就難說了。誒，市長，您覺得這次莫克會怎麼操作這件事啊？會不會再次插手這個項目的競標呢？」

金達想了想說：「這個項目是莫克一手爭取來的，你想要他不插手也很難，估計還是會走舊城改造項目的老路吧。」

孫守義說：「您是說他準備成立項目領導小組，然後自任組長？」

金達點點頭說：「我猜是這樣子。不過這個我們也控制不了，只希望他不要再走上次跟束濤那種勾結的老路就行了。」

孫守義質疑說：「怕是很難啊，您聽說沒，省裏對莫克不接受張作鵬的公關，還有一種說法，那就是張作鵬是孟副省長的人，莫克擔心跟張作鵬走得太近，會被認爲他跟孟副省長走到一起，招呂紀書記的忌諱。我覺得這個說法十分可信，不是莫克變了，而是莫克害怕呂紀生氣，才不敢接受張作鵬的公關。」

金達笑說：「這個我們就不要隨便揣測了，回頭我把這件事跟莫克書記彙報一下，他要怎麼做，就由他自己決定好了。」

孫守義聽了說：「這倒也是。那行，批覆就放您這兒，我回去了。」

金達說：「先別急，老孫啊，我還有話要跟你說。」

孫守義愣了一下，說：「市長，您還有什麼指示嗎？」

金達關心地說：「指示倒沒有，就想跟你隨便聊聊。老孫啊，你來海川也有些時日了，我一直很少過問過你生活上的情況。怎麼樣，一個人在海川生活，沒遇到什麼困難吧？」

孫守義笑說：「會有什麼困難啊，我這麼大的人了，能照顧好自己的。你看我們吃飯大多在外面，就算偶爾沒有應酬，也還有食堂不是？」

金達說：「那老婆長期不在身邊，是不是有什麼不方便的地方啊？」

聽金達問到老婆，孫守義愣了一下，這就牽涉到很私密的問題了，兩個男人在一起談這個有點尷尬，按說金達不該會問這種事的，難道金達知道了些什麼？

孫守義看了看金達，說：「這有什麼不方便的？誒，市長，您突然問起這個是不是有什麼特別的事情啊？」

金達看了看孫守義，誠懇地說：「老孫啊，按說我不該問你這麼私密的問題，但從你到海川那一天起，我們倆互相就配合的很好，有時候我不覺得我們是上下級的關係，反而更像是可以坦誠相見的朋友。」

孫守義笑了起來，說：「市長，您突然語重心長起來，反而讓我緊張起來了，是不是有什麼不好說的話要跟我說啊？好啦，既然您說我們是可以坦誠相見的朋友，那您就敞開來說吧，我受得了。」

金達笑說：「倒不是什麼嚴重的事，我也不是想指責你什麼，只是我最近聽說了一點關於你的風言風語，想要提醒你一下。」

孫守義神情凝重了起來，金達都聽說了的風言風語，一定不是小事。關於官員的風言風語，大多是與女人有關的。孫守義知道自己單身一人在這邊，更容易招惹一些跟女人有關的八卦。

孫守義便看了看金達，說：「市長，是不是有人說我跟哪位志有什麼關係啊？」

金達說：「老孫，你也知道我們這些做領導的，有一個重要的基本原則，就是褲腰帶不能太鬆，褲腰帶太鬆，很容易就會招惹上一些花花事，那些花花事是會影響到升遷的。

特別是你一個人在海川，更容易惹起這方面的議論。」

孫守義點點頭說：「這我很清楚，市長，您聽到他們在議論我跟誰啊？」

金達正色說：「首先聲明啊，我也是聽說的，並不是相信你與這位女同志就有什麼曖昧的關係。」

孫守義笑了，說：「沒事，我知道您沒有惡意，您就說是誰好了。」

金達說：「他們說你跟機要科的劉麗華之間有曖昧關係，說得是繪聲繪色的，說劉麗華經常出入你的辦公室，你們倆有說有笑的，十分親密；還有人說看到你在摸劉麗華的小手……反正說的多不堪入耳的都有。」

孫守義心裏咯登一下，他跟劉麗華還真是有特殊的關係，他強笑一下，力求鎮定地說：「這不是欲加之罪，何患無辭嗎？劉麗華是收發文件的，她當然要出入我的辦公室了，我跟下面的同志說笑幾句，難道不可以嗎？至於摸手，這就有點胡扯了，我沒事去摸一個女同志的手幹什麼啊？唉，這些人，叫我怎麼說好呢！」

金達提醒說：「老孫，我不是說你犯了什麼錯誤，而是跟你說一下，讓你注意一點，官場上本來就愛傳播這些捕風捉影的緋聞，你跟這個劉麗華接觸時還是注意一點比較好，要知道我們還有一位莫克書記這樣的領導在，這要是被他拿來當說辭，可就不好了。」

孫守義惱火的說：「我注意什麼啊，我再怎麼注意，那些別有居心的人能夠就閉上嘴嗎？」

金達沒想到孫守義會是這樣一種態度，他提醒孫守義，其實也是好意，他聽說的情況可是比他說給孫守義聽的嚴重得多，他之所以沒全盤說出，是怕孫守義尷尬。外面有人口口聲聲說親眼看到這個劉麗華深夜鑽進孫守義的房間，很久才離開。還有人聽劉麗華自己說，她跟孫守義關係是怎麼怎麼好。

金達聽到這些事就很爲孫守義擔心，一個正值壯年的男人，跟一位年輕貌美的女人深更半夜獨處一室，會發生什麼事不言而喻。大家都是男人，知道男人是什麼德行，金達是不想孫守義在這方面栽跟頭。

孫守義千里迢迢跑來海川做這個副市長，是爲了增加閱歷，得到更大的官路，可不是爲了搞這些花花事的。

金達看孫守義惱火的樣子，越發覺得孫守義跟這個劉麗華的事很可能是真的，他對孫守義的反應感到有些不高興，他是善意提醒，孫守義怎麼可以這樣的態度對他呢？何況他還算是孫守義的上司呢。

金達就看了看孫守義，說：「老孫啊，我只是想提醒你而已，你不用這麼生氣吧？」

孫守義看出金達有些不太高興，意識到自己的態度讓金達誤會了，就趕忙陪笑著說：「市長，對不起啊，我剛才的態度是衝著那些愛嚼舌根的傢伙發的，可不是對您。」

金達看孫守義道歉了，也許孫守義剛才是一種無意識的習慣反應，便笑笑說：「我沒事，老孫啊，這些事我們要多注意一些，就怕三人成虎，眾口鑠金；特別是現在有些女人自己也愛說些有的沒的，好跟領導扯上關係，從而謀取某種好處。這是我們最應該提防的。」

孫守義聽出金達這等於明確地告訴他，劉麗華在外面說了些什麼，心裏不由得緊張了一下。

官場上，男女發生點緋聞倒沒什麼，關鍵是不要被別人抓到。而要不被抓到，發生了什麼的男女雙方，嘴一定要緊。現在看來，劉麗華嘴並不緊。

孫守義立即說：「市長，我以後會注意的。謝謝您的提醒。」

金達笑笑說：「不用這麼客氣。行了，你回去吧，我就是跟你說這些。」

孫守義就離開了，金達在背後輕輕地搖了搖頭。

孫守義這麼風流倜儻的男人娶了沈佳那樣一個醜女人，這對夫妻本身就是不協調的，即使沈佳氣質出眾。但男人大多是外貌協會的，也許一開始孫守義會被沈佳的氣質和背景所吸引，不在乎沈佳的容貌。但這種短暫的吸引是靠不住的。隨著年紀的增長，男人的心態會變，他們的口味也在轉變，他們會開始更注重肉體上的魅力，而非氣質有多出眾；他們會更喜歡年輕貌美的女人，喜歡年輕光滑的肌膚。而樣貌醜陋的女人在上了年紀之後，看上去恐怕會更令人恐懼。

那個劉麗華，金達見過，她進市政府的時間不長，很年輕，長相和身材都很不錯，在政府機關這種封閉的地方，這個女人算是一道亮眼的風景。

這些年輕女人對像孫守義這種位高權重、成熟穩重的中年男人，大多沒什麼抵抗力，她們很容易被權力的光環所誘惑，醉倒在這些成熟男人的魅力中，就會主動投懷送抱，期待有一天做上領導正宮夫人的寶座，然後一人得道，全家跟著雞犬升天。

現在的年輕女人都是人精，估計這個劉麗華也差不多，也有這種心態，她很可能瞭解到孫守義家裏的狀況，知道孫守義有個很醜的老婆，認爲孫守義會不安於室，這對她來說是個極好的機會，只要把握住，不但可以得到孫守義這個男人，還能坐上官夫人的位置。如果把這個曖昧關係的聲勢造出去，就可以形成一種氛圍，逼迫孫守義跟妻子離婚，然後娶她。

其實劉麗華這麼想是太幼稚了，官場上的成功男人都是冷血動物，沒有人會是浪漫的情聖的。在感情和仕途發生衝突的時候，男人本能的就會選擇斬斷情絲，遠離外面的女人。金達覺得孫守義在這一點上也不會例外。

所以劉麗華到處喧嚷她跟孫守義關係的做法，其實是再愚蠢不過了，這反而危及了孫守義的仕途，這樣她就不再是孫守義喜歡的小情人了，而是一個危險的女人。相信孫守義在明確了這一點之後，馬上就會逃離劉麗華的身邊的。

金達在心中暗自希望孫守義能夠理智一點，做出正確的選擇。現在他和孫守義雖然表面看上去很平穩，但並不是一點危機都沒有。很多像束濤和孟森那樣的人都在虎視眈眈的看著他們，只要能抓住他們什麼把柄，一定會馬上把他們撕成碎片。因而才苦口婆心的特地提醒孫守義。

金達拿著批覆文件去了莫克的辦公室，莫克看完後，高興的說：「我們海川這麼多年修建雲泰公路的夢想，終於可以實現了。」

金達說：「這一切都是書記您大力爭取的結果，您功不可沒。」

莫克笑笑說：「金達同志，不要這麼說，這是我們海川市幾任市領導努力的結果，不是我莫克一個人的功勞，不過是在我任上批覆下來，適逢其會罷了。說實話，這個項目批下來，我一點沒感覺到輕鬆，相反，反而覺得肩上的責任更重大了。前幾天呂紀書記爲這個項目還專門找我談過話，提醒我不要出什麼問題。當時我的心裏沉甸甸的，我想，一定不能辜負了呂書記對我們的期許，要把這條路建成一條模範道路。」

金達看莫克一副信誓旦旦的樣子，搞不清楚莫克是真的是把呂紀的話當做一回事，還是演給他看的，心說：莫克，希望你能說到做到，反正這個工程是你爭取來的，出了問題也要你來承擔。

金達便說：「莫書記，您對這個項目有何指示呢？」

莫克一本正經地說：「這是國家重點扶持的項目，又是呂紀書記關注的項目，我們對此一定要充分的重視，不能出任何問題，所以我認為該怎麼做，還是拿到常委會上討論一下，您看呢，金達同志？」

金達心說：我就知道你會這麼說，他笑了笑說：「我沒意見。」

於是，在市委常委會上，莫克宣布了雲泰公路項目批覆下來的事，然後說：

「現在資金是批下來了，但是大家不要以為一切到此就迎刃而解。這個項目，中央和省對此都很重視，我們必須不折不扣的把項目給建設好。同志們，這個擔子不輕。如果出了什麼紕漏，市委市政府是很難交代的。為此我建議，成立一個專案領導小組，我來親自掛帥……」

不出所料，莫克果然想把項目的主導權給抓過去，金達暗想，莫克想把這個麻煩攬到身上去，那就由他去吧。

最後會上通過了莫克成立領導小組的建議，也確定了領導小組的成員，莫克是小組組長，金達是副組長，孫守義則是小組成員之一。

散會之後，孫守義和金達一起回到市政府，跟金達進了市長辦公室。

剛坐下來沒多久，孫守義的手機嘀嘀響了兩聲，大概是來什麼簡訊了。

金達看了孫守義一眼，很懷疑這通簡訊就是那個劉麗華發的，果然，孫守義接到簡訊後，連看都沒看，就當做沒接到一樣，依舊跟金達繼續談著話，討論如何準備招標的準備工作。

討論完招標工作後，孫守義就想結束談話離開，金達看了看他，問說：「老孫啊，你是不是有些日子沒回北京了？」

孫守義笑笑說：「是啊，是有段時間沒回去了。」

金達說：「雲泰公路項目剛批下來，下面的部門還要一段時間準備前置工作，事情還不到忙的時候，你還是找個時間回家看看吧，別讓老婆以爲你樂不思蜀了。」

孫守義感覺金達的話中有警告的意味，心裏有點彆扭，猜想金達一定是從剛才的簡訊上面看出了些什麼，又在懷疑他跟劉麗華之間有見不得人的勾當。

孫守義對此不太高興，卻又無法辯駁，他知道金達是一番好意，所以才會讓他回去見見家人，避免他去跟別的女人糾纏，便笑了笑說：「行啊，我最近正有這方面的打算呢，既然市長您提出來了，我就把手頭的工作處理一下，然後回家看看。」

金達笑笑說：「這就對了嘛，我們男人在外面辛苦打拼是爲了什麼，還不是爲了有一個幸福的生活，老婆孩子才是我們生活中最重要的，我們可不要因爲工作而忽略了他們啊。」

孫守義，說：「是啊，市長您說的真對。我先回去工作了。」

孫守義回到自己的辦公室，坐下來後，拿出手機，看上面發來的簡訊。金達猜得不錯，確實是劉麗華發來的，就幾個字：「親愛的，我想你了，你想我沒？」

孫守義皺了皺眉頭，這個女人現在對他是越來越熱情了，這可不是一件好事。他開始有一種危機感，他發現這個女人是個很有心計的女人，企圖心很強，似乎一直想從他這裏得到些什麼。

一開始，孫守義對這個劉麗華並沒有想要怎麼樣的意思。尤其是他還有過不忠的前科，因而他儘量跟下面的女同志保持一定的距離。

劉麗華雖然算是年輕漂亮的女人，卻還沒有出色到讓人眼睛一亮的地步。在發生那件事之前，孫守義並沒有注意到她，她來收發文件的時候，孫守義只把她當做一個再普通不過的工作人員，基本上很少拿正眼看她。

但是有些事情的發展並不是以個人的意志爲走向，而是有自身的發展軌道的。

那天孫守義在外面應酬回來，酒喝得多了些，文件看了一半，酒勁上來，就趴在桌上睡著了。

他原本沒有準備睡覺，所以辦公室的門也沒上鎖。睡著睡著，就感覺身旁有人在推他，叫他醒醒，他迷迷糊糊的睜開眼，就看到一個女人的臉在他面前晃。醉意之中，他失去了對自身意志的控制力，加上他有些日子沒碰過女人了，竟然就伸出手來把女人往懷裏抱。

女人驚叫了一聲，說：「孫副市長，您別這樣，我是小劉啊。」

女人這聲驚叫嚇了孫守義一跳，多少清醒了些，趕忙把手收了回來，睜大眼睛看了看，原來是機要科的劉麗華，就有點尷尬的說：「是小劉啊，你怎麼在我辦公室裏？」

劉麗華也被孫守義的舉動搞得很尷尬，她的臉羞得通紅，不好意思的說：「我來是送份文件給您批閱的，看到你趴在桌上睡著了，您知道嗎，酒醉後像這麼蜷著趴在桌上睡覺是很危險的，很容易發生意外。我有些不放心，就想把您叫醒，讓您到床上去休息。」

孫守義看著劉麗華說：「小劉，你對這個怎麼知道的這麼清楚啊？」

劉麗華說：「我會這麼清楚，是因爲我的一位叔叔就是這樣子發生意外猝死的。」

聽到猝死兩個字，孫守義多少有些緊張，他坐正身子，拿起茶杯喝了口茶，茶水的苦味讓他清醒了些，就說：「謝謝你了，小劉。我沒想到今天會醉得這麼厲害，剛才我沒有什麼不當的行爲吧？」

劉麗華的臉更紅了，帶著羞澀說：「您沒什麼不當的行爲，就是伸手摟了我一下，我一叫，您就放開了。」

孫守義自責說：「我真的太不應該了，怪我剛才睡得稀裏糊塗的，還以爲是在做夢呢，真是很抱歉啊。」

劉麗華笑了笑說：「沒事了，孫副市長，我知道您是無心的。」

劉麗華沒去糾纏這件事，讓孫守義鬆了口氣，雖然他沒做什麼，不過這件事如果傳出去，會敗壞他的形象的。一個常務副市長在酒後摟抱機關的女工作人員，這更像是一副登徒子的嘴臉，而非政府官員。

孫守義笑笑說：「你能諒解就好。」

劉麗華說：「孫副市長，要睡您別趴著睡了，還是到裏面的床上去睡吧。」

孫守義的辦公室有一個裏間，裏面有一張床，是給孫守義臨時休息用的。

孫守義點點頭說：「行，我去裏面休息一下，你出去的時候幫我把門帶上。」

孫守義說著，就準備站起來走去裏間，沒想到一站起來，胃裏一陣痙攣般的難受，額頭上冒出冷汗，腿一時發軟站不住，就又坐了回去。

劉麗華看孫守義這樣子，趕忙上前去攙扶孫守義，說：「孫副市長，我來扶您進去吧。」

裏間跟外面辦公室不同，辦公室是公眾場合，裏間就算是私密空間了，跟一個女人進了私密空間，其中就有些曖昧的意味，孫守義便說：「不用不用，小劉，你先走吧，我坐一下緩一緩，就可以自己進去了。」

劉麗華卻說：「孫副市長，您還是讓我扶您進去休息吧。來，我送您進去。」

劉麗華說著，用力想要把孫守義攙夫起來，孫守義有心說不用，卻也不好跟劉麗華拉拉扯扯，就用力站起來，被劉麗華攙扶著進了裏間。

從辦公間到裏間，距離雖然很短，但是劉麗華的身體跟他之間幾乎是緊緊地貼在一起，劉麗華身上那種年輕女人青春芬芳的氣息，充溢在他的鼻孔裏，搞得他身體脹得難受，他不得不輕咬一下舌頭，才把雜念排出腦海之中。

到了裏間，劉麗華把他攙到床邊，扶著讓他躺到床上，這期間，劉麗華胸前那兩坨豐滿的東西幾次觸碰到孫守義，孫守義感到通了電的酥麻感，他趕緊又咬了一下舌頭，這才把起伏的心情給壓了下去。

劉麗華給孫守義蓋上被子，說了句：「副市長您休息，我先出去了。」

孫守義含糊的說了句：「行，謝謝你了，小劉。」劉麗華就退了出去。

孫守義躺在床上，聽著外面門鎖扣上的聲音，知道劉麗華離開了他的辦公室，心裏竟然有些悵悵的遺憾。

不過，遺憾歸遺憾，孫守義卻知道自己不能那麼做，尤其是不能在辦公室這種場所。職場其實是最危機四伏的，那麼多雙眼睛從不同角度在密切注視著這裏，稍有風吹草動，馬上就是滿天的口水。

從那次之後，他再見到劉麗華，便不好再繃著個臉，人家畢竟幫過他，再視而不見就有點過分了。劉麗華在孫守義面前也放鬆了許多，不那麼緊張，偶爾還敢跟他開個小玩笑什麼的。

對此，孫守義並沒有戒心，只覺得同事間相處融洽也沒什麼不好的。有時候，他還會適當的回應幾句。

孫守義不知道的是，他這些舉動實際上讓劉麗華開始對他有了非分的想法。孫守義本就長得一表人才，做事大器，是很討女人喜歡的那種男人，再加上他是市政府的二號人物，位高權重，渾身散發著讓女人心悸魂搖的魅力。市政府早有許多女職員把孫守義封爲最有魅力的男人，而金達因爲形象多少有些文弱，反而不如孫守義那麼討女人喜歡。

劉麗華自然也是被孫守義魅力所吸引的女人之一，只是以前孫守義連正眼都不看她，她就算動過什麼心思，也有點老虎吃天，無處下口的感覺。現在孫守義因爲那次酒醉事件對她變得友好，這讓她心頭隱藏許久的想法又開始萌芽了。

有時她就用稍微帶點暗示的口吻，想要試著撩撥一下孫守義。但是孫守義在清醒的時候很有分寸，雖然他也會回應劉麗華的玩笑，卻沒有絲毫越軌的行爲。

劉麗華知道孫守義只有在酒醉的時候，才會失去對行爲的控制，也才可能給她進一步接近他的機會，劉麗華就開始耐心的尋找時機。

幸好，領導們應酬天天有，終於給劉麗華等到了一次孫守義喝醉的機會。更加合適的是，那次孫守義喝多了，被送回家休息。

劉麗華要拿文件給孫守義圈閱的時候，從孫守義秘書那裏知道了這個情況，她連猶豫都沒猶豫，就帶著文件找到了孫守義家裏。

孫守義當時還沒休息，他回到家先洗了個澡，剛洗完，聽到外面有人敲門，就隨便披了件衣服出來開門。

開門後，看到是劉麗華，孫守義還笑笑說：「是小劉啊，什麼事啊？」

劉麗華把文件遞給孫守義，說：「副市長，這份文件需要您馬上圈閱，所以我給你送過來了。」

孫守義沒有多想，就放劉麗華進了屋，拿起文件看了看，奇怪的說：「這也不是什麼急件，為什麼非要我今天簽呢？」

劉麗華並沒有回答孫守義，而是直接捧起孫守義的臉，緊緊吻住了孫守義的嘴唇。

第七章

權力大黑手

孫守義説：「如果採用總包加特許分包的方式，市裏對工程的控制權很低，想要動什麼手腳，必須在總包單位身上想辦法，這麼大的工程，莫克那種水準是絕對無法控制總包單位的，就算是能從中獲利，恐怕也不多。」

酒是色媒，孫守義喝了酒後，本來身體就有些興奮，此刻劉麗華再這麼一撩撥，心底壓抑的火焰騰地就著了起來，那一刻，他也不想什麼前途了，腦海裏想的只是如何滅掉這熊熊燃燒的火焰。

孫守義一把將劉麗華摟進懷裏，一邊猛烈地回吻她，一邊去脫她的衣服。劉麗華也沒閒著，幾下就把孫守義身上披著的衣物給扯了下去。不一會兒，這對男女就身無寸縷了。

兩人如同久旱逢甘霖，天雷勾動地火一樣，孫守義火速地攻入了核心地帶。此刻的孫守義猶如鬥牛場上被紅布撩撥起來的公牛，已經是紅了眼睛，如何還能控制得住，也顧不得到床上，就地就發動猛攻，直進高潮的巔峰。

不知道過了多久，終於孫守義發出一聲悶悶的嘶吼，這段時間以來，他身體所有的煩躁和鬱悶全部的被宣泄了出來，渾身的勁力頓時卸掉，腿一軟，就和劉麗華一起軟倒在地板上。

劉麗華香喘吁吁，用粉拳輕搥了幾下孫守義的胸膛，嬌嗔道：「你是多久沒碰女人啦？」

宣洩完的孫守義心中卻覺得有點空虛，他的酒也醒了很多，心說：我這是怎麼了，怎麼就這麼把持不住自己呢？現在跟這個女人發生了超越同事的關係，我要怎麼安排這個女人呢？

不過歡愉剛過，這些問題並沒有在他腦海裏盤旋很久，只是一閃而過，他抱緊了劉麗華，說：「這不就是你想要的嗎？」

劉麗華輕搥了一下孫守義，撒著嬌說：「流氓。」

孫守義被撩撥得再次興奮了起來，又想蠢蠢欲動，便說：「既然你說我是流氓，那我就再流氓一回好了。」

劉麗華趕忙抱緊孫守義，不讓他有進一步的動作，說：「怕了你了，我現在渾身酸痛，可不敢再來了。以後我可知道了，像你這種很長時間沒有女人的中年男人是碰不得的。」

兩人就這麼抱著在地板上躺了一會兒，感覺身體變涼了，這才起來去洗了澡，去床上再次躺了下來。

這次孫守義老實很多，只是從後面抱住劉麗華的身子，並沒有什麼動作。

躺了一會兒，孫守義問道：「小劉，你也說我是中年男人，說吧，你跟我做這些，是想要從我這裏得到什麼？」

孫守義這話說的很直接，這是因爲他感覺劉麗華主動來勾引他，肯定是想從他這裏得到什麼。他是成熟男人，早已不相信什麼浪漫的愛情故事了。既然已經和她發生關係，無法倒退回去，索性搞清楚這個女人的想法再說。

劉麗華看了看孫守義，知道孫守義是怕有後患，就笑笑說：「怎麼，怕我賴上你啊？」

孫守義老實的點點頭，他發現劉麗華並不是初經人事的女人，雖然不能說是久經沙場，但也技巧嫻熟，現在又說中他心中所想，因此也就不再遮遮掩掩，索性有話直說：

「是啊，你在市政府也工作了一段時間，知道我是不可能離婚的，你就直說想從我這裏得到什麼好了，如果我能滿足你，一定會幫忙的。」

劉麗華故作糊塗的說：「你剛才已經滿足我了。」

孫守義笑了，說：「好了，小劉，大家都是成年人了，還是有話直說的好。如果你不說出來你想要什麼，我們的關係就到此爲止，以後就不要再往來了。」

劉麗華說：「原來孫副市長還想跟我有以後啊，我還以爲就這一次呢。」

劉麗華的語氣中帶有一種譏誚的味道，這讓孫守義感覺很不舒服，他並不是不能接受劉麗華跟他開一些無傷大雅的玩笑，但現在他是很嚴肅的在跟她談話，劉麗華卻做出一副玩世不恭的架勢，這讓他感覺受了輕慢。

以前的劉麗華不會這樣，她現在敢這樣子，無非是因爲兩人有了親密關係，所以膽子才大了起來。他不能讓劉麗華這個樣子下去，如果繼續放縱她的話，將會後患無窮。

孫守義板起了臉，坐起來說：「如果你真是認爲我們就這一次的話，門在那邊，你可以離開了。」

看孫守義嚴肅的樣子，劉麗華知道她的玩笑開得有點過頭了，趕忙抱住孫守義，陪笑著說：「好了，我跟你開玩笑的，我心裏是很喜歡你的，你這麼英俊瀟灑，肯定會有不少的女人愛慕你吧？我能擁有你，心中其實很高興。」

孫守義不為所動的說：「小劉，你要知道……」

「好了，」劉麗華打斷了孫守義的話，說：「我知道你想說什麼，你不能離婚跟我在一起是吧？這我很清楚，我也沒敢往這方面想。好吧，看來我不提出點要求，你是不會放心的。這樣吧，只要在合適的機會，你能幫我說幾句話，讓我也能夠升遷一下就行了，這下你總放心了吧？」

這對孫守義來說，很容易就能辦到。當時孫守義覺得，這個劉麗華的野心並不大，也就放下心來。但現在看來，事情好像並沒這麼簡單。

兩人已經往來一段時間，劉麗華開始慢慢的顯露出她的野心來，甚至對外人透露跟他的關係，她想幹什麼，想造出輿論，逼迫他幹什麼嗎？現在竟然連金達都知道了，可見這件事在市政府等於是半公開的秘密了。

孫守義抓起電話，打給機要科，讓劉麗華來他的辦公室一趟。

劉麗華很快來了，一開始，劉麗華還假裝繃著個臉，看著孫守義問道：「孫副市長，您找我有事？」

孫守義也是一臉的嚴肅，說：「是啊，有份文件的事我要問你一下。」

「什麼文件啊，」說著，劉麗華就往辦公室裏面走，順手關上了門。門一關上，劉麗華立即坐到孫守義的腿上，伸開雙臂就要去抱孫守義的脖子示愛。

孫守義卻仍是一臉嚴肅，伸手擋開了劉麗華的胳膊，說：「這是辦公室，你給我規矩一點，起來，去那邊坐著。」

劉麗華瞅了孫守義一眼，小心的陪笑說：「怎麼了，我什麼地方讓你不高興了嗎？」

孫守義看劉麗華仍坐在他腿上沒有起來，就惱火的說：「我叫你起來去對面坐，你聽到沒有？」

劉麗華見孫守義的表情像是真的生氣了，便不敢賴在孫守義身上，委屈的站了起來，坐到孫守義的對面去，然後說：「怎麼了，什麼事惹你不高興了？」

孫守義責備說：「你還問我怎麼了，我不是告訴過你，工作時間不要給我發簡訊嗎？」

劉麗華笑笑說：「人家想你了嘛。」

孫守義瞪了劉麗華一眼，說：「那你拿我的話當什麼，耳邊風嗎？你知道嗎，我剛才在金達市長的辦公室裏，金市長看我接了短訊都不看，就猜到了什麼，還提醒我，說我很長時間沒回家了，應該回家看看。」

劉麗華低聲說：「好啦，你別這樣子，大不了下次我不發就是了。」

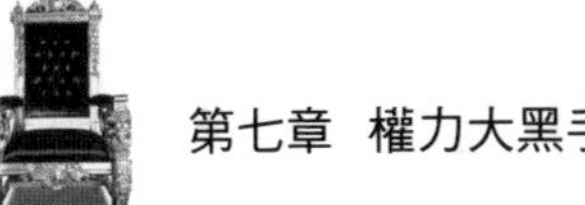

孫守義又說：「還有，你在外面跟別人瞎說什麼啊，說你跟我關係很好？你想幹嘛，想把我們的關係公之於眾嗎？」

劉麗華急急辯解說：「我可沒跟別人說過我們的關係，你聽誰瞎說的？你讓他出來，我跟他對質。」

孫守義冷笑一聲說：「金市長說的，你要跟他對質嗎？」

劉麗華一下子萎了，說：「這我哪敢啊？」

孫守義瞅了眼劉麗華，說：「小劉，我對我們的這段往來很珍惜，但是眼下外面對我們的關係議論紛紛，就連金市長這種不太關心八卦的人都聽到了風聲，可見傳播之廣。再這樣下去，會對你我都造成很惡劣的影響的。」

劉麗華有點慌了，說：「你這是什麼意思啊，想跟我分手？」

孫守義說：「是的，我是想跟你分手，不過你放心，我答應你的事，我還是會做到。當初你跟我在一起的時候，曾說希望讓我幫你在合適的時機升遷，我想也沒必要等到適當的機會了，你看一下你想去什麼地方，看中什麼位置，直接跟我說，我幫你安排。」

劉麗華看著孫守義，說：「你想趕我走？」

孫守義苦笑著說：「不是我想趕你走，而是目前的狀態下，你留在市政府有些不合適。不過你放心，就算你離開了市政府，你的升遷我仍然會關心的。」

劉麗華嗤了聲說：「別說得那麼好聽了，你是玩膩了我吧？」

孫守義難堪地說：「小劉，你別說得這麼難聽，我們在一起是兩情相悅，沒有誰玩誰的問題。」

劉麗華反駁說：「既然是兩情相悅，那你爲什麼現在要趕我走啊？」

孫守義無奈地說：「我也不想，但是你的行爲太不檢點了，再這樣子的話，你會讓我很被動的。一開始我就告訴你了，我不可能爲你搭上我的前途，你知道嗎？」

劉麗華哀求說：「我知道你的志向遠大，我也不想給你造成什麼危害，你覺得我不夠檢點，那我以後行爲儘量檢點一下好了，只要你不把我從你身邊調開。」

孫守義心中實際也捨不得就跟劉麗華分手，畢竟他很需要女人的慰藉，沒跟劉麗華發生關係前，他尚且可以忍耐，現在他已經食髓知味了，讓他斷然少了女人的滋潤也很痛苦。

他之所以說要將劉麗華調出市政府，不過是在故作姿態給劉麗華看的，現在看劉麗華害怕了，就也不想太難爲她，他皺著眉頭說：「你真的能做到嗎？」

劉麗華看孫守義的態度軟化下來，連忙點點頭說：「我能做到，如果我再做不到，你就直接把我調開好了。」

孫守義說：「既然這樣，那我就再相信你一回。」

劉麗華看孫守義答應了她，臉上才露出笑容，站起來又過去抱住孫守義，說：「嚇死我了，我還以爲你真的不要我了。」

孫守義嘆了口氣，這次他並沒有推開劉麗華，用手輕撫了一下劉麗華的頭髮，說：「小劉，我現在在海川根基還不牢固，很多事情有諸多顧忌，跟你在一起實在是冒著很大的風險。你小心一些，對大家都好。將來等我在海川有了根基，我會對你有所回報的。」

劉麗華順從的點了點頭，說：「我會小心的。誒，你真要回家一趟啊？」

孫守義說：「是啊，金市長既然提出來了，我肯定要回去一下。」

劉麗華失落的說：「那我又要有一段時間見不到你了。金市長也真是的，管得也太多了吧？」

孫守義搖搖頭說：「他這不是管得多，而是從維護我的角度出發才管的，這是朋友的做法；如果是對手，恐怕早就在收集資料準備整我了。」

劉麗華乖巧的點點頭說：「那我以後儘量在別人面前少提你就是了。」

孫守義說：「你知道就好，現在你出去吧，你進來有段時間了，外面那些傢伙又不知道要說什麼了。」

劉麗華不捨的說：「你讓我再抱你一會兒嘛。」

孫守義理智地說：「好了，這裏是辦公室，有人進來看到就不好了。」

劉麗華這才戀戀不捨的離開。

看著這個女人越來越兒女情長的樣子，孫守義心裏不禁暗自搖頭，他不知道把這個女人繼續留在身邊是對是錯，不過他現在硬不下心來將這女人從身邊調開，只好以後行事更加小心一些了。

常委會上通過了成立雲泰公路專案領導小組以及由莫克出任組長的決議後，莫克第一個想法就是要打電話給方晶。他覺得必須儘快跟方晶談一下，好敲定如何從中獲利的事。

於是，在下午一個工作的空檔時，莫克撥通了方晶的電話。

等了好一會兒，方晶接通了電話，說：「找我什麼事啊，老領導？」

莫克聽方晶的聲音沙啞，有氣無力的，好像情緒有點不對勁，就關心的問道：「你怎麼了，病了嗎？」

方晶笑了笑說：「沒有，我身體好好的。」

莫克說：「不對，我怎麼感覺你的情緒很低落啊?出了什麼事嗎？」

方晶回說：「還不是因爲你們那個破海川重機的股票一直停牌，我的錢都陷在裏面了，情緒能高嗎？」

方晶這段時間情緒確實不高，雖然她從談紅那邊得到訊息，知道這件事湯言一定能解決掉，但是海川重機的停牌一直持續著，股票不開盤就意味著問題還沒有得到解決，煎熬就要持續下去。

同時，方晶還承受著另外一個煎熬，她察覺到傅華在這件事上對她有所隱瞞。懷疑的種子開始發芽，就滋生出更多的枝蔓出來，她回想傅華跟她談話的細節，越想對傅華就越是懷疑，越覺得是傅華欺騙了她。

如果傅華早點提醒她有人要狙擊湯言和海川重機股票，她就會想辦法從湯言那裏把投資給拿出來，避免陷入今天這種境地，進退兩難。

更令她傷心的是那種被自己一心信賴的人欺騙的滋味，尤其傅華明知道她對他有份特殊的情愫在。他不接受她的感情，方晶勉強可以接受，畢竟他是有妻子的，但是明知她對他有感情還來欺騙她，害她損失幾千萬的投資，那就不可原諒了，這等於是把她的一番情意當做糞土，辜負了她。

方晶想不出傅華欺騙她的理由，這讓她更加痛苦，也更喚起了她跟林鈞在一起的美好回憶，那時候林鈞對她呵護備至，讓她只知道人生充滿了快樂，從來沒有任何煩惱。

而毀滅掉這一切美好回憶的，就是打電話來的莫克了。

女人的心思是很奇怪的，當她愛上一個男人的時候，可以為了這個人犧牲一切；但是反過來，如果恨上一個男人的時候，她也會不惜一切代價來毀掉他。

方晶忍不住動念想要報復莫克對林鈞的背叛。她要報復莫克，更借機報復那些辜負了她的男人，特別是像傅華這種讓她陷入尷尬境地的男人。

莫克安慰說：「方晶，你別著急，事情總有解決方法的。」

方晶惱火的說：「有解決辦法？你們都這麼說，但是問題還是沒有得到解決，說這種廢話有什麼用啊？」

莫克聽出方晶是因為錢都陷在裏面而煩惱，他反而很高興，方晶陷於困境，資金就會出現緊張，也就會對他的計畫感興趣了。

莫克便說：「方晶，你別急嘛，這方面有損失，你可以在另外一邊彌補啊。你記得上次我跟你提的雲泰公路項目嗎？現在資金已經下來了，馬上就要啓動，如果你有興趣的話，我們可以一起合作賺錢的。」

莫克的話，果真讓方晶有點動心。莫克的提議跟她的報復計畫有契合之處，如果操作得當，她不但可以賺到一大筆錢，還可以就此報復莫克。這是一舉兩得的事，如果拒絕，可能就會喪失大好良機了。

方晶便笑笑說：「賺錢誰沒有興趣啊？只是老領導，你讓我怎麼賺這筆錢啊？我又沒做路橋公司的經驗。」

莫克笑說：「不一定非要有做路橋的經驗才行的。」

方晶好奇地說：「那你要我怎麼做啊？」

莫克傳授秘訣說：「很簡單，你先成立一個諮詢公司出來。」

按照莫克的設想，方晶先成立一個諮詢仲介公司，作爲未來承接雲泰公路項目之用，賺取表面合法的仲介費用。

「成立諮詢公司？」方晶納悶地說：「成立諮詢公司幹什麼？我又沒這方面的客源。」

莫克笑說：「你成立就是了，客源馬上就會有的。」

方晶也是冰雪聰明的人，很快就懂得了莫克的意思，她笑了笑說：「好吧，我先成立一個諮詢公司再說就是了。」

沒想到事情竟然出乎意料之外的順利，他沒做什麼說服工作，方晶就一口答應了下來，搞得莫克一時倒有點反應不過來了。他有點困惑地說：「方晶，你答應了？」

方晶失笑說：「對啊，老領導，怎麼了，我答應了你不高興嗎？」

莫克說：「不是，只是有點意外而已。方晶，認識這麼多年，我們終於可以一起合作，做點事情了。」

方晶笑說：「那希望合作愉快啦。」

莫克也笑笑說：「合作愉快。對了，我讓你成立諮詢公司這件事，你自己知道就好，千萬不要告訴別人，尤其是那個駐京辦的傅華，千萬不能讓他知道啊。」

方晶聽了，笑說：「老領導，我不是三歲孩子，我們之間這麼機密的事，我怎麼會跟那傢伙說呢？」

方晶用了「我們」這個字眼，讓莫克心頭感覺到一陣甜蜜，他和方晶終於算是自己人了。

莫克有點激動的說：「是啊，這是我們之間的事。」

方晶感受到莫克的激動，心裏不禁暗自好笑，這傢伙還真是好騙，真當她跟他是一條心啊？等著吧，總有一天我會讓你知道我心中究竟是怎麼想的，現在就先讓你高興一下吧。

兩人又聊了一會兒，方晶說她要去做事了，莫克這才依依不捨的放下電話。

放下電話的莫克渾身都充溢喜悅，他覺得這麼久耗費在方晶身上的心血沒有白費，方晶終於上鉤了。只要方晶沿著他設定的步驟走，他有信心把方晶引進他的懷抱裏。

下面最重要的是，要如何處理好雲泰公路的招標事宜。既要確保他和方晶的利益，又要不被人看出其中的貓膩。要想兩全其美，必須事先做好謀劃才行。

這件事從莫克拿到批文後，就開始思索了。想來想去，他覺得如果不想翻船，就不能把好處由他和方晶獨吞，必須分出一部分好處讓別人去得。

摻和進其他方面的利益，才不會引起別人對他和方晶的注意。否則這麼大一塊肥肉被他和方晶獨吃，一定會引起懷疑的。

如果要把利益分潤給其他覬覦這塊肥肉的人，這個項目就不能採取總包的方式了。

總包的模式是業主方把項目的全部工程發包給一家資格符合要求的施工承包單位，作爲總承包商，再由該承包單位將部分施工任務分包給其他下游公司。

這種方式對業主方來說比較簡單，管理的工作量會減輕。但由於增加了中間管理層次，業主方對整個項目的管理力度和效率將會降低，有時還會出現指揮不動或反應遲緩的情況。

對莫克來說，採取總包方式，得標者只有一個，他就沒辦法將好處分潤給其他公司。而且莫克也擔心，如果採用總包方式，會引來實力雄厚的大型國營企業。那時候，如果不選擇大規模的國營企業，卻去選擇一家實力相對較弱的公司，這就明顯有貓膩，對各方都不好交代。

再說，國營企業人脈廣，說不定又有哪個省級領導下來打招呼，莫克就無法從中做什麼手腳了。

爲了避免把自己逼到牆角，莫克覺得採用分段平行發包方式比較合適。這種模式的特點是業主方在總體統籌規劃的前提下，將整個工程劃分爲若干個可獨立發包的單元，形成相對獨立的標段，並分別進行招標發包。

如此，各施工單位之間是獨立和平行的，不存在從屬關係或者管理與被管理的關係。業主方可以根據設計進度，結合其他施工發包條件的落實情況，進行施工招標和簽訂合同，因而操作上比較靈活。

但業主方要舉辦多次招標，招標工程量大，成本也高，而且在施工過程中，各施工單位之間的協調工作需要由業主方來承擔，好掌握工程的進度、品質和投資金額的有效控制。

這種模式對莫克來說，最大的好處是他可以選擇幾個比較好的標段，發包給他想要發包的公司。因此在他內心中，已經認定要採用這種分段平行發包的方式了。

於是在領導小組討論要用何種發包方式的時候，莫克提出了要採用分段平行發包的模式，並發表了一大通理由來支持他的論點。

莫克講完後，看了看金達，說：「金達同志，你的看法呢？」

金達沉吟了一會兒，他覺得莫克講的倒也不無道理，分段平行發包確實有莫克所講的那些優點，但是平行發包也存在著很多弊端，他對採用這種方式尚有疑慮。

金達便說：「莫書記，你說的確實很有道理，不過，分段承包也有很大的缺陷。一是分標段實施施工，過程中，由於現場有多個獨立的施工單位，會增加對現場場地使用的干擾。二是分標段實施施工，會增添建設單位在管理上的工作量，而且招標的工作量也會隨之大增。再者，由於管理對象的增多，各標段間的協調工作也會隨之增加。最重要的一點，採用這種方式，作為業主方，我們必須具有很強的技術管理能力，才能監督控管各分段施工的品質，這個恐怕我們並不具備。」

金達提出了一大堆平行發包的弊端，讓莫克很是彆扭，他覺得金達來參加會議前，事先一定做過功課，而且是準備好要跟他針鋒相對的。

莫克不禁看了金達一眼，心說我倒要看看你想做什麼。便笑了笑說：「那金達同志您的想法是什麼？你覺得採用何種方式比較好呢？」

金達笑了笑說：「這個嘛，我和孫守義副市長討論過，我們都認為採用總包加特別認可分包模式比較合適。這種發包方式的特點，是業主方把工程項目發包給資格符合要求的施工單位總包，主體結構由該總包方負責施工；部分工程則由業主方特別認可分包，並納入總包方的管理範疇。整個工程的品質、進度由總包方向業主方負責。採用這種發包模式，由於業主方保留了認為有必要加強管理和控制的自主選擇權力，對整個工程的進度、品質控制比較有利。而在合約的履行過程中，業主方的管理工作也不會像平行發包模式那樣大，可以提高管理效率。」

莫克知道金達說的這種模式，其實就是平行發包模式與施工總承包模式的混合版。目前一些大型建設項目多採用這種模式。

但這種模式，莫克想全面掌控分包方就很有難度了。如果無法確定掌控分包方，他也就無法從中攫取利益了，那他費盡心思爭取這個項目，基本上就等於是爲他人作嫁而已。

這個莫克自然無法接受，他還想利用這個項目好跟方晶雙宿雙飛呢，如果無法如願掌控項目，他的美夢只能化成泡影了。

莫克心裏不禁暗罵金達多事，你就不能消停一次嗎，非要跟我作對不可嗎？你做過功課，幸好我也沒閒著，我也想到了你一定會出面作梗，所以準備了對付你的辦法。

於是莫克說：「金達同志建議採用的發包模式雖然有不少優點，但是也有很大弊端，主要是事權不統一，容易發生扯皮現象，整個項目的管理力度和效率將會降低，還會出現指揮不動或反應遲緩的情況。大家都知道，雲泰公路是呂紀書記關注的項目，我們必須對這個項目充分重視，力求高效優質的完成，才不會讓呂紀書記失望。」

說到這裏，莫克抬起頭來看了看小組的成員們，他的眼光在成員們的臉上掃過，成員包括金達都低下了頭。看來用呂紀來壓服大家，效果很不錯，就連金達似乎也不好說什麼了。

莫克對這個結果很滿意，繼續說了下去：

「所以我認爲不適合採用金達同志所說的方式，最好還是採用分段平行發包的形式，這種方式工期短，效率高，比較符合呂書記對這項工程的期望。至於金達同志提出

來的平行發包的弊端，我認爲可以通過加強管理和籌畫來避免，這並不是什麼大問題。我想大家都很清楚，所有的發包模式或多或少都會有些弊端，關鍵是我們想要的是什麼樣的結果。目前來看，我個人認爲採用分段平行發包的方式最符合各方的期待。金達同志，你說呢？」

金達看看莫克的表情，他猜想莫克之所以堅持要這麼做，一定是因爲不少有實力的人物找到莫克打過招呼了，莫克擺不平，索性來個分段平行發包，讓大家都來分食這塊大蛋糕。

金達可以理解莫克，既然莫克這麼堅持，他也沒必要做惡人，便笑笑說：「那行，既然莫書記這麼堅持，我同意你的辦法。」

莫克便宣布說：「金達同志已經表態同意了，其他同志還有反對意見嗎？沒有的話，就確定採用分段平行發包的方式了。」

接下來，莫克又強調了雲泰公路項目的重要性，說了不少套話，才結束這次的小組會議。

這回孫守義倒沒有發表什麼意見，他知道發表意見也沒有用，金達擺明了要順從莫克。於是跟金達請了假，便要回北京探親去了。

會議結束後，莫克去了齊州，他是要跟呂紀彙報會議結果的。

呂紀聽完莫克的彙報，問說：「這麼說，金達同志也同意這個方式？」

莫克看了看呂紀，想揣摩呂紀的想法，呂紀問起金達的意見，是看重金達，還是有別的意思？他要如實跟呂紀說金達的意見，還是回避金達對他的反對？

莫克從呂紀臉上看不出呂紀在想什麼，覺得還是照實說出的好，因爲官場上是藏不住秘密的，還不如實話實說，就說：「金達同志一開始有不同意見，不過經過討論，我們最終達成了一致。」

呂紀很滿意地說：「我很高興看到你和金達同志現在能夠相互溝通，意見達成一致，合作才能雙贏嘛。其實發包方式沒有一個是絕對完美，沒有缺陷的，關鍵不在方式，而是運用方式的人，心存乎正，採用什麼方式結果都是正的。我希望你們倆個都能存心正，共同把這個項目給建設好，不要辜負了省委對你們的期望。」

莫克保證說：「呂書記，您就放心吧，我一定會跟金達同志配合好，建好雲泰公路項目。」

呂紀笑了笑說：「希望你能說到做到。放心做好你們的本分吧，如果誰干擾了你們的工作，可以直接跟我反映，我來幫你們處理，確保整個工程順利進行。」

北京，首都機場。

傅華接過孫守義手中的行李，說：「孫副市長，您可是有段時間沒回北京了。」

孫守義笑說：「我這不是回來了嗎?誒，鄭莉怎麼樣，是不是快要生了?」

傅華一臉幸福的點點頭說：「是啊，就快要生了。」

孫守義說：「看你高興成那個樣子。」

上了車後，孫守義問道：「傅華，你最近有沒有去見湯言啊，海川重機的股票停牌這麼久，怎麼還沒得到解決啊？」

傅華說：「我跟湯言一直都有保持聯絡，他都說在運作中，並沒有告訴我詳細情形，所以我也不是很清楚。要不要安排您跟湯言見見面啊？」

孫守義想了想，搖搖頭說：「見面就沒必要了，我這次回來是休假，不是工作的，不想讓工作打攪我。還是你繼續盯著這件事吧，我是擔心因爲這次停牌，海川重機的重組會停頓下來，畢竟重組還有不少後續工作在進行。」

傅華聽了說：「那我明天去湯言公司看看好了。」

孫守義說：「行，你自己安排就行了，有什麼進展回頭跟我說一聲。」

傅華就送孫守義回家，沈佳早已在家等著他。

沈佳關心地說：「累不累啊，要不要休息一下？」

孫守義笑笑說：「多少有點累。」

沈佳體貼地說：「那你去休息一下吧，我去準備飯。」

孫守義就去臥室躺了下來，難得有這種空閒時間，躺下去不一會兒就睡著了。醒來時，已經是下午快四點了。

孫守義伸了一下懶腰，家裏就是不一樣，讓他感到很安心，竟然會睡得這麼舒服。孫守義走出臥室，看到沈佳正在忙著家務。

沈佳看到孫守義醒了，笑說：「你睡醒啦？餓不餓，我去熱飯給你吃吧？」

孫守義點點頭，說：「還真是有些餓了，你隨便熱點就行。」

沈佳就去熱飯，孫守義吃飯的時候，沈佳一直看著他，孫守義心裏有點發虛，他做了虧心事，便經不起沈佳這種審視的目光，心想沈佳是不是知道了劉麗華的事了？

孫守義打趣說：「小佳，你怎麼這麼看我啊？我臉上刻字了嗎？」

沈佳笑笑說：「沒有，我是看你瘦了很多，是不是在海川工作很累啊？剛才我看你睡得那麼香甜，都不忍心叫醒你。」

原來是因爲這個，孫守義心放了下來，就說：「當然累了，副市長不比在部裏，事情千頭萬緒，一刻也不得閒。」

沈佳聽了說：「守義，如果你覺得很累，是不是考慮回北京算了？你不好跟老爺子講，我來幫你講。」

孫守義愣了一下，說：「小佳，我累是累點，但是這是男人創業必然的。現在我剛剛打開一點局面，怎麼可以放棄啊？你千萬不要在老爺子面前抱怨這個，我可不想讓他覺得我吃不了苦。」

沈佳說：「好吧，我不說就是了，我就是有點心疼你。」

孫守義心中不禁有點愧疚，沈佳這麼關心他，而他和劉麗華那種露水姻緣畢竟是靠不住的。

孫守義便說：「其實也不是太累，都是因爲有莫克這麼一個寶貝做市委書記，金達又頂不起來，處處跟他妥協，所以市政府的工作就不好幹，也就累了。不過，我看這情形不會持續太久了，莫克應該蹦躂不了幾天啦。」

沈佳奇怪地說：「怎麼說呢？」

孫守義說：「你還記得上次我回來幫他爭取的雲泰公路資金的事嗎？」

沈佳點點頭，說：「我記得，前幾天老爺子還說起這件事了呢，他說資金已經批下來了。怎麼，與這個案子有關？」

孫守義點點頭說：「是啊，現在資金批下來了，準備啓動，我跟金達商量的意思，是想採用總包加特許分包的方式，想說這樣市裏面可以輕鬆一點，大部分事情都交給總包單位去處理就行，沒想到莫克卻說要搞平行分包，最後會議便決議採用平行分包的方式。」

沈佳問：「你是覺得這裏面有貓膩？」

孫守義說：「是啊，如果採用總包加特許分包的方式，市裏對工程的控制權很低，想要動什麼手腳，必須在總包單位身上想辦法，而這麼大的工程，能做總包單位的公司實力一定不小，莫克那種水準是絕對無法控制總包單位的。所以如果採用總包的方式，莫克就算是能從中獲利，恐怕也不多。」

沈佳聽了，說：「這麼說，總包的方式在他那裏首先就行不通了？」

孫守義點點頭，說：「是的，所以他才要採取平行分包的方式，將工程分割成幾個標段，就算他只能控制其中的一兩個標段，從中攫取的利益也很豐厚。」

沈佳不禁說：「工程的招標還沒開始，這傢伙就先想到了如何從中取利，這樣的人確實很難坐得住市委書記的寶座啊。」

孫守義又說：「對啊，這些年做工程項目的，倒了多少官員啊？再說，莫克用這個辦法雖然看上去很聰明，好像他能掌控住項目，實際上卻存在著很大的隱患。參與的單位越多，其中的利益牽扯就越複雜，一個掌控不住，就會產生大的紕漏，到時候首當其衝的就是莫克了。」

沈佳說：「這傢伙真是自作聰明啊。」

孫守義說：「這點我估計金達也看得很清楚，所以他雖然同意莫克的提議，卻仍然提出對莫克這個做法的質疑，似乎已經在爲將來預作鋪墊了，好撇清責任。」

沈佳笑說：「你們這些官員啊，都這麼狡猾。」

孫守義解釋說：「這不叫狡猾，這叫融通。其實金達這麼做也是沒辦法，他爲了維護呂紀的面子，沒辦法跟莫克直接衝突，又不甘心完全聽莫克的擺佈，就只好曲線的先保全自己了。我猜想金達現在可能比我還鬱悶，他也想有一番作爲，偏偏遇到了莫克這個奇葩。」

沈佳笑說：「老爺子當初沒想到會出現這種局面，你們倆也只好耐心等待了。誒，你準備什麼時候去見老爺子？」

孫守義說：「不急，這次我想在家裏多待些日子，也沒什麼急事要跟老爺子說，等過幾天我再去看他吧。」

沈佳點點頭，說：「那也行，你就好好休息一下，休息好了，再去見老爺子。」

第八章

投資失利

傅華有點著急，湯言被困住，就算運作資金損失了，

事後還可以利用他父親的權勢找補回來，可是方晶就無法承受投資失利的後果了。

便忍不住說：「湯少，現在這樣子也不是個辦法啊？沒辦法跟對手講和嗎？」

第二天上午，傅華去了湯言的辦公室。

湯言看到了他，苦笑說：「傅華，你不是也來湊熱鬧的吧？」

傅華看湯言一臉的疲憊，以前那種飛揚跋扈早就不見了，知道這段時間湯言一定也是很煎熬，就說：「湯少，我知道你現在局面很難，我不想來給你添堵，不過孫副市長回北京了，特地問起這件事，擔心海川重機後續的重組動作會受影響，所以我不得不來問問清楚。」

湯言看了看傅華，說：「孫守義回來啦？要不要我見見他，當面跟他解釋一下？」

傅華笑說：「你想見他嗎？」

湯言搖搖頭，說：「我不想見他，我最近見的官員太多了，每個都要跟他們去解釋，實在是讓我頭大得很。所以能不見就不見吧。傅華，這都是你害我的，你當初不拿這個項目去找鄭叔，我根本就不會插手這件事，現在可好，搞得我不上不下的，被卡得難受。」

傅華聽了，說：「這可怪不得我，是你自己好勝，我可是不願意你參與這件事的。」

湯言嘆了口氣說：「也對，是我自作自受，這次我也算是花錢買了個教訓，知道有些事最好還是不要去招惹的好。」

傅華看湯言一臉頹廢的樣子，勸說：「湯少，你不會這麼容易就被打倒了吧？這不像是你的風格啊？」

湯言苦笑了一下，說：「你要是像我一樣，四處求爺爺告奶奶，卻又四處碰壁，大概也會像我現在這個樣子了。」

傅華詫異地說：「四處碰壁？不會吧，沒讓你父親出面？」

湯言無奈地搖了搖頭，說：「我沒敢動用老爺子，這次我輕視了對手，沒想到蒼河證券會玩得這麼陰，他們事先造出輿論來，說我父親利用手中的權力幫我在證券市場上謀取暴利，又找了幾位賦閒在家的老革命出來，對我父親提出強烈的質疑，搞得我父親也很狼狽。雖然這倒不至於對他有什麼太大的損害，卻讓他無法出來跟相關部門幫我打招呼了。只要我父親不能出面，蒼河證券就有足夠的辦法把我困住。」

傅華愣了一下，這個情況是他事先沒有想到的。原本他以爲湯言雖然陷入困局是暫時的，只要湯言父親出面，問題馬上就會迎刃而解。沒想到對手早已算計到這一點，先想到了要如何對付湯言的父親了。

傅華質疑說：「這幫傢伙難道就不怕你父親秋後跟他們算帳嗎？」

湯言笑了，說：「你也別太把我父親當回事了，北京這地方，比我父親有能力的人比比皆是。蒼河證券背後也有高層人物在支持，真要較起勁來，還真是說不定誰輸誰贏呢。也是，出來混總是要還的，當初我害人家損失了一大筆錢，現在人家上門報復，我也只能承受下來了。」

傅華有點著急，湯言被困住，就算運作資金損失了，事後還可以利用他父親的權勢找補回來，可是方晶就無法承受投資失利的後果了。

傅華便忍不住說：「湯少，現在這樣子也不是個辦法啊?沒辦法跟對手講和嗎?」

湯言冷笑一聲說：「講和，爲什麼要講和，那樣豈不是跟對方認輸了嗎?這絕不可能，我湯言寧可損失錢，也不會低這個頭的。不然的話，我在北京還要不要混了?!」

傅華勸阻說：「可是這麼鬥下去，說不定會兩敗俱傷的。」

湯言哼了聲說：「兩敗俱傷就兩敗俱傷，誰怕誰啊?」

傅華看湯言一副豁出去的樣子，心中十分替方晶著急，便說道：「可是湯少，你可以不怕兩敗俱傷，你有你父親在，不怕有損失，但是這樣就害到方晶了，你會害方晶把投入的資金都損失了。」

「害到我什麼了?」

這時，湯言辦公室的門一下子被推開，方晶大步走了進來，正好聽到傅華的話，質問道：「究竟怎麼回事啊，爲什麼你們會說害到我投入的資金損失了?」

湯言和傅華都沒想到這時候方晶會突然闖進來，愣了一下。

這時湯曼也跟著走了進來，看著湯言說：「哥，我想攔住她的，可是她一來就往你這裏闖，根本攔不住。」

人都來了，湯言也不好埋怨湯曼什麼，他看了看方晶，笑說：「老闆娘，什麼風把你吹來了？」

方晶沒好氣的說：「當然是你的邪風把我吹來了，你湯少現在都不敢登我的門了，我不來找你，怎麼知道出了什麼事啊？」

湯言故作輕鬆地說：「能出什麼事啊?你放心，海川重機股票停牌的事會解決的，目前還在跟相關部門溝通呢，很快就會恢復開牌交易的。」

方晶冷笑一聲，說：「湯少，你別糊弄我了，傅華剛才跟你說的話我都聽到了。傅華，你給我說清楚，你是不是早就知道湯言出問題了？」

傅華尷尬的說：「方晶啊，現在海川重機股票只是出現暫時的困難，湯少正在想辦法解決呢，你不要著急。」

「傅華，到這個時候了，你還想來糊弄我？」

方晶剛才明明聽得很真切，傅華在跟湯言談話的時候，說她投入的資金可能遭受損失，現在卻又說問題是暫時的，這怎麼能不讓她生氣呢，她那麼信賴傅華，偏偏她看到的情形卻是傅華和湯言聯合起來騙她，不由得大聲質問起傅華來：

「傅華你說，你明明早就知道這件事，爲什麼還要跟湯言聯合起來騙我？」

傅華臉色難堪地說：「方晶，你誤會了，我沒有跟湯言聯合起來騙你。」

看傅華到這時候還不肯承認是騙她，方晶心中真是氣急了，她瞪圓了雙眼，怒視著傅華，叫道：「傅華，現在你還不肯跟我說實話，你和湯言究竟想騙我到什麼時候啊？你怎麼可以這樣呢？枉費我那麼相信你，你真是太令我寒心了。」

傅華感覺有口難辯，他看了看湯言，說：「湯少，你跟方晶解釋一下，告訴她，我真是沒有騙她的意思啊。」

湯曼在一旁看方晶咄咄逼人的質問傅華，沒等湯言幫傅華解釋，就衝上來對方晶說：「老闆娘，你別弄這個架勢出來，沒有人想騙你的錢，這事完全是蒼河證券搞出來的，大家的資金都困在裏面了，我哥也不例外，他也很著急。你這樣子可是有點過分了。」

方晶瞅了湯曼一眼，氣哼哼地說：「小丫頭閃一邊去，我是讓傅華和湯言給我解釋清楚，究竟是出了什麼事，爲什麼本來好好的，結果卻弄成這個樣子？」

湯曼也不高興了，不客氣的說：「方晶，你聽不懂我的話嗎？我跟你再說一遍，這裏沒有人要騙你的錢，現在只是被蒼河證券給陷害了，這是個意外，怪不了誰的。」

方晶根本就不理會湯曼，轉頭看著傅華，說：「傅華，我不想聽別人解釋，你告訴我，蒼河證券的事是意外嗎？」

傅華尷尬的笑了一下，說：「方晶……」

傅華的話講不下去了，他無法再說謊欺騙方晶了。他很早就知道這件事，只是因爲湯

言的要求，他才沒把這件事告知方晶，現在看來，他沒告訴方晶是失策的，湯言是避免了受到方晶的騷擾，但他卻傷害了一個很信賴他的朋友。

湯言看傅華無話可說，趕忙幫傅華解釋說：「老闆娘，蒼河證券這件事不是意外，傅華也早就知道這件事，只是我擔心你會受影響，要求他不要告訴你這件事，所以你不要怪傅華，要怪就怪我好了。」

方晶看著傅華說：「傅華，湯言說的是真的嗎？」

傅華點了點頭，歉疚地說：「是的，對不起啊，方晶，我沒想到事情會到今天這個地步。」

方晶感覺心被狠狠地刺痛了一下，她沒想到傅華騙她，竟然會是聽從湯言的命令，難道她在傅華的心目中，竟然還比不上湯言重要嗎？

方晶瞪著傅華，說：「傅華，你好啊，竟然爲了湯言來騙我，你拿我方晶當什麼啊？」

湯言見方晶還在責問傅華，就有些不滿的說：「老闆娘，我跟你說過了，你別怪傅華，責任我來負。」

方晶狠狠的瞪了傅華一眼，這才轉頭看著湯言，說：「湯言，你說你要負責是嗎？行啊，拿來吧。」

湯言愣了一下，說：「拿什麼啊？」

方晶說：「我投入的資金啊，還能拿什麼?!既然你要負責，那就把我投入的資金還給我。」

湯言臉上紅了一下，說：「老闆娘，你也知道海川重機停牌，資金都押在股市裏了，這時候你跟我要錢，豈不是開玩笑嗎？」

方晶冷笑一聲，說：「開玩笑？湯言，我現在哪還有什麼心情跟你開玩笑，我的錢可是真金白銀給你的，既然你說要負責，那就把錢還給我，大家恩怨一筆勾銷，我就當這件事什麼都沒有發生。我想幾千萬對你湯言來說，不成問題吧？」

湯言臉漲得通紅，說：「老闆娘，換在別的時候，你的錢我就還你了，你暫且等一下，等海川重機停牌的事溝通好，我的錢拿出來了，自然就會還給你。」

湯言這麼說，方晶覺得是他擺明了不想還錢，心裏又氣又急，脫口罵道：「放屁，如果海川重機停牌的事能夠溝通好，我還需要你來負責嗎？我拿走自己的錢就好了。」

方晶開口罵人，讓湯言就有點受不住了，他長這麼大，一向是被人捧著寵著的天之驕子，連他父親都沒罵過他一句，他的火氣騰地上來了，叫道：

「方晶，你別給臉不要臉，我說負責是給你面子，這件事你能怨我嗎？你可別忘了，你的資金是作爲股東的股本投進來的，做投資本來就有贏有虧，盈虧自負，我當初可沒向你保證一定賺大錢，是你自己非要吵著加入的。現在出事了，你怪得了誰啊，只能怪你自己當初判斷錯誤。」

方晶看湯言完全是一副不認帳的架勢，心中越發惱火，氣得指著湯言說：「你，你……」

一時之間，方晶的腦子一片混亂，竟然不知道該怎麼去指責湯言了。

傅華看方晶急成這樣，心中很是不忍，便伸手去拉方晶的胳膊，勸道：「方晶，你先別著急，事情還沒到解決不了的地步。」

方晶一巴掌把傅華的手打開，她拿湯言沒轍，便將滿肚子火氣全發作在傅華身上，衝著傅華吼道：「誰要你假仁假義，換了你，幾千萬拿不回來了，你能不著急啊？」

傅華被方晶的舉動給弄得不知所措，呆愣在當場。

湯曼看不過眼了，對方晶叫道：「方晶，你講不講理啊，錢你又沒給傅哥，你憑什麼怪他啊？要怪，你怪我哥好了，他才是害你損失金錢的人。」

方晶冷笑一聲，說：「小丫頭，我就怪他怎麼了，你心疼了嗎？我告訴你，你不用心疼，這個男人很冷血，他心中就只有他那個老婆，沒有別的女人的空間，你再心疼他也沒用的，還是省省吧。」

湯曼被說得有些不好意思，便說：「你瞎說什麼啊，我是就事論事，誰心疼他了。」

方晶卻毫不避諱地道：「小丫頭，別在我面前裝了，你看他的那個眼神都是怪怪的，當別人看不出來啊？我可提醒你，千萬別被這個男人給騙了，別看他裝作很關心你的樣子，其實心裏壞得很，我就是個例子，你看我現在被他騙得多慘啊！」

傅華看方晶兩眼通紅對湯曼吼叫著，知道她是怒急攻心，恐怕失去理智了，就伸手去拉了一把方晶，說道：

「方晶，你夠了吧，別這麼衝動好嗎？這跟小曼沒什麼關係，你別衝著她吼。事先我沒告訴你真相，是我不對，你要吼，衝著我來好了。」

「要你來管我，」方晶看傅華出面維護湯曼，心中更是又妒又恨，她用力掙開傅華的手，叫道：「哼，你算什麼東西啊？」

方晶叫完，心中恨極了傅華，下意識的抬手就給了傅華一個狠狠的耳光。

啪地一聲，這個耳光重重的打在傅華的臉上，傅華只覺得耳朵嗡的一聲響，緊接著臉上開始火辣辣的疼，不由得呆住了，他沒想到一向溫柔的方晶，憤怒起來竟然下手這麼狠辣。

方晶打完自己也愣住了，她剛才完全是下意識的動作，腦子裏根本就沒想到會真的打到傅華身上，所以也是不知所措的愣在當場。她有心想要問一下傅華疼不疼，心中卻還氣惱傅華騙她，動了動嘴唇，話還是沒說出來。

一旁的湯言看到方晶打傅華耳光，不由得惱了，他知道這裏面本來沒傅華什麼事，是他非要讓傅華保密，才會惹得方晶遷怒傅華，就叫道：

「方晶，你太過分了，你打傅華幹什麼？有氣衝著我來啊。我告訴你，你的錢我會一分不少的都還給你的，只是現在不行，我需要你給我一段時間。」

方晶看了一眼湯言，說：「時間我可以給你，不過不能無限期，說吧，你要多長時間？」

湯言說：「不用太長，三個月吧。」

方晶說：「行，三個月我還等得起，但是如果三個月到了，你還是不行呢？」

湯言瞪了一眼方晶，惡狠狠的說：「到時候如果不行的話，我賣房子賣公司也會還你的，這下總可以了吧？」

方晶想了想說：「行，那我就信你一回。」

湯言又說：「不過我有個但書，這三個月不論發生什麼事，不准你來騷擾我，否則我一分錢都不會還給你的，聽明白了嗎？」

方晶說：「可以。」

湯言說：「那就請你離開吧，這裏不歡迎你。」

方晶看了眼湯言，又看了看一旁的傅華，跺了一下腳，說：「走就走。」說著，就打開辦公室的門，揚長而去。

湯曼趕忙走到傅華面前，看著傅華的臉，傅華的臉上清晰地出現了紅腫的手指印，心疼地說：「傅哥，這女人打得好狠啊，你疼不疼啊？」

傅華尷尬的笑了笑，還沒說什麼，一旁的湯言冷笑一聲，說：「他疼也是活該的，誰叫他老是跟這個女人勾勾搭搭，他不去招惹她，又怎麼會挨打呢？」

傅華氣惱的說：「湯言，你夠了吧？我勾搭她什麼了，我只是拿她當做朋友而已。今天這些事，要不是你不讓我告訴她，她又怎麼會遷怒於我呢？」

湯言說：「我不讓你告訴她，還不是因爲她動不動就會來找我鬧！這女人真是麻煩，早知道當初就不讓她加入了。」

傅華無奈地說：「好了好了，我們不討論這個了，你答應方晶三個月解套，真的能做到嗎？」

湯言笑了笑說：「她不相信我，你也不相信我啊？」

傅華說：「我不是不相信你，而是你現在不也遇到困難了嗎？你父親無法出面，你拿什麼解套啊？」

湯言老神在在地說：「我父親就是不出面，蒼河證券那幫人也不敢對我趕盡殺絕的，證監會那些人心裏都有著一桿秤，真要對我怎樣，他們也是要吃不了兜著走的。」

這一點傅華倒也相信湯言所言不虛，便說：「既然這樣，那你還是儘快想辦法解決問題吧，別這麼拖下去了。方晶已經承受不住了，趕緊解決，也省得她受煎熬。」

湯言取笑說：「怎麼，心疼啦？」

傅華斥責說：「別胡說八道了，大家畢竟是朋友，你也是鼎福俱樂部的會員，總不能因爲合作一次，搞得最後跟仇人似的吧？」

湯言不耐煩地說：「好了，我會儘快解決的。你還是先想想你自己吧。」

傅華說：「我又怎麼了？」

湯言笑說：「你臉上帶著紅通通的手指印，要怎麼回去見鄭莉啊？」

傅華苦笑著說：「這都是你害我的。行了，我回去了，小曼，再見了。」

湯曼說：「再見傅哥，你臉上的指印很明顯，我看你直接回家想辦法處理一下吧。」

傅華點了點頭，說：「我知道了，再見。」

上了車，傅華從照後鏡裏看了看自己的臉，紅紅幾個手指印確實很明顯，他無奈地搖了搖頭，打電話給羅雨，說自己有點事，今天就不回駐京辦了，讓羅雨若是有什麼事要處理，再打電話給他。

交代完羅雨，傅華就開車回家。

一進門，鄭莉看到他臉上的巴掌印，愣了一下說：「老公，出什麼事了，怎麼看你像被打了？」

傅華無奈地說：「唉，還不是因爲海川重機重組的事。」

傅華就講了事情的經過，鄭莉聽完，瞅了他一眼，說：「老公，這個方晶憑什麼打你啊？是不是你們之間真的有什麼啊？」

傅華告饒說：「小莉，我今天已經夠倒楣了，你就不要再火上澆油了好嗎？」

鄭莉聽了，說：「好啦，好啦，我就是隨口問問嘛。我給你煮兩個雞蛋，聽說用雞蛋來消腫會快些。」

傅華說：「還是我來吧，你身子也不方便。」

傅華就去廚房，隨便煮了幾枚雞蛋。滾了一會兒，感覺臉上不是那麼痛了。

正想問鄭莉腫消得怎麼樣時，卻看到鄭莉臉上突然出現很痛苦的表情，趕忙問道：「怎麼了小莉？」

鄭莉說：「我開始陣痛了，估計是預產期提前了，趕緊送我去醫院。」

傅華不敢怠慢，趕忙扶著鄭莉上了車，把鄭莉送到醫院，大夫給鄭莉做了檢查，讓傅華趕緊去辦住院手續，鄭莉隨即被推進病房。傅華又打電話通知鄭堅，說鄭莉就要生了，讓他趕快過來。

鄭堅很快趕了來，一見面就問傅華道：「怎麼回事啊，不是說預產期還有一個多月嗎？是不是你惹小莉生氣啦？」

一旁的鄭莉說：「不是，爸，傅華沒惹我，我跟他說著話時，陣痛就開始了，醫生說是預產期提前了。」

鄭堅質疑說：「真不是這小子惹你？」

鄭莉說：「不是啦。」

鄭堅不相信地說：「那他臉上這巴掌印是怎麼回事啊？小子，你惹到誰啦？」

傅華苦笑說：「我在湯言那兒被方晶打了一巴掌，哎，都是海川重機停牌惹出來的麻煩。」

鄭堅用懷疑的眼神看了眼傅華，他覺得方晶會打傅華，一定是有什麼貓膩，只是鄭莉即將生產，他也不好質問傅華，擔心會影響到鄭莉的情緒。

過了一會兒，醫生來檢查鄭莉的身體，然後將鄭莉送進了產房。傅華和鄭堅兩個大男人只好等在產房門口，不時往產房裏看一下，焦急的等待鄭莉能夠順利的生下孩子。

等了將近三小時，心都已經提到嗓子眼了，終於有護士出來告訴他們鄭莉生了，母子平安，是個男孩。

鄭堅忍不住伸手捶了傅華肩膀一下，說：「小子，你又得了一個兒子了。」

傅華咧著嘴笑了，興奮地朝鄭堅點點頭，說：「是啊，我又有一個兒子了。」

過了一會兒，護士將鄭莉和孩子推了出來，傅華迎上前去，看到躺著的鄭莉臉色蒼白的可怕，趕忙上去握了握鄭莉的手，說道：「小莉，你辛苦了。」

鄭莉疲憊的說：「老公，是個兒子，你看看他像不像你？」

傅華看了看兒子，剛出生的嬰兒，臉還是皺巴巴的，倒也看不出像誰。傅華便笑了笑說：「你不是喜歡兒子嗎？多好啊。」

鄭莉笑著點了點頭，說：「是啊，我正是想要個兒子。」

一旁的鄭堅心疼地說：「你別一直說話了，閉上眼休息一會兒，說話費神，你剛生產完，少說話。」

鄭莉點點頭，閉上眼休息。

鄭堅看鄭莉休息了，伸手點了點傅華，示意傅華跟他出去。傅華不明所以，跟著鄭堅出了病房，問道：「爸，你叫我出來有事啊？」

鄭堅瞅了傅華一眼，說：「小子，你在外面惹了什麼事我不管，小莉剛生孩子，你最好老老實實的在這裏待著，千萬不能惹小莉生氣，知道嗎？」

傅華剛想跟解釋，鄭堅瞪了他一眼，說：「你別跟我爭論，我不想聽，我不是傻瓜，會像小莉一樣被你騙。你趕緊給我進去守著小莉。我先回去，跟你阿姨準備些要用的東西。」

傅華看這個場合也確實不適合跟鄭堅爭辯什麼，心裏雖然委屈，也只好回去守著鄭莉和孩子了。

傍晚時分，傅華的電話響了，是孫守義打來的，他趕忙走到病房外，接通了電話。

孫守義說：「傅華，我打電話去駐京辦，你不在，羅雨說你有事出去了，是不是跟湯言問海川重機的事啊？」

傅華說：「不是，副市長，是我老婆生了，我在醫院呢。」

孫守義聽了，高興地說：「鄭莉生啦？男孩女孩？母子平安嗎？」

傅華回說：「男孩，母子平安。謝謝您。海川重機的事我問過湯言了，現在還是有點麻煩，等回頭我再跟您報告吧。」

孫守義說：「行，行，你就先照顧好鄭莉吧。海川重機的事先放放再說，明天我跟你嫂子一起去看你們。」

孫守義就掛了電話，回頭對沈佳說：「鄭莉生了，是個男孩。」

沈佳高興地說：「那真是太好了，我真想馬上就去看看她和傅華的孩子究竟長什麼樣子。」

孫守義笑了笑說：「我也想啊，可是我們都已經跟老爺子說了晚上要去看他的。明天吧，我跟傅華說明天和你一起去看鄭莉。」

原本孫守義並不打算這麼快就去見趙老，可是在家待了一天，忙慣的他就有些無聊，便打電話跟趙老說他回來了，趙老就讓他晚上過去。

孫守義和沈佳吃過晚飯後，就一起去了趙老家。

趙老看了看孫守義，笑說：「小孫啊，你這次在海川待的時間可是有點長，是不是忘了家裏還有老婆孩子啊？」

孫守義看到趙老審視的目光，心虛了一下，趙老不比沈佳，沈佳在海川沒有什麼耳目，對他在海川的情形知道的不多。趙老則不同，趙老的人脈很廣，很可能在海川也有耳目，對他跟劉麗華的事就可能有所耳聞。

孫守義趕忙說：「老爺子，看您這話說的，我不是年前回來過一趟嗎？我怕跑得太頻繁，海川的同志會說我不專心工作了。」

趙老提醒說：「工作要顧，家也是要顧的。」

沈佳在一旁替孫守義說話：「老爺子，這點守義做得很好，雖然沒回來，經常會打電話回來的。」

趙老笑笑說：「能兩者兼顧是最好了。誒，小孫，海川最近有什麼動向嗎？」

孫守義說：「沒什麼新的動向，就是那個雲泰公路項目開始啓動了。這次莫克又出手

將工程的領導權抓到了手裏。」便將莫克的所做所爲跟趙老講。

趙老聽完，沉吟了一會兒，說：「小孫，這件事你就別做什麼了，跟著金達的腳步走吧。現在東海的形勢很詭譎，表面上看很平靜，下面卻是博弈不斷，這時候一動不如一靜，還是不要做什麼動作比較好。」

孫守義點了點頭，說：「老爺子，我心中有數的。」

趙老又說：「現在在東海這盤棋上，海川只是一個局部，金達順從莫克，實際上是很有大局觀的做法。別看呂紀主政東海這麼長時間，卻還沒有完全的掌控住局面，呂紀的水準不如原來的省委書記郭奎，如果這時候金達跟莫克衝突起來，馬上就會影響到呂紀的。」

孫守義說：「這點我也看出來了，金達雖然在我面前對莫克的行爲有諸多的不滿，但是真正到了公開場合，他對莫克都是一面倒的支持，絕不跟莫克直接衝突。」

趙老說：「呂紀現在在東海也是很難，東海這個地方，本土勢力很強，對外來勢力一向很排擠，呂紀和鄧子峰都是空降派，對本土勢力掌控不住，調動不起來，這也就是爲什麼孟副省長能夠在東海屹立不倒的緣故。」

孫守義聽了說：「是啊，這個孟副省長確實在東海有些影響力，前段時間，他手下一個幹部出了點事，可能會牽涉到孟副省長，當時很多人都以爲孟副省長這下子不行了，連鄧子峰都覺得是個好時機，接連出手打擊孟副省長的勢力。但是孟副省長去找呂紀談了次話，事情卻很快峰迴路轉。不但孟副省長部下的那件事戛然而止，連鄧子峰也停手了。」

趙老搖搖頭，不以爲然地說：「鄧子峰有點操之過急了，他還沒有真正的實力跟孟副省長對抗。他不知道孟副省長實際上是代表著東海的本土勢力，幾次中央想往東海政壇裏面摻沙子，但是東海政壇的本土勢力很團結，根本撼動不了他們。」

孫守義愣了一下，說：「連中央都拿他們沒辦法？」

趙老說：「是啊。你也知道，東海是財賦大省，東海亂了的話，對國家來說將是一個很大的損失。所以中央投鼠忌器，不敢搞什麼大動作，生怕讓東海政壇亂套。不說別的，就鄧子峰和孟副省長爭奪省長之位來說吧，你知道中央爲什麼不讓孟副省長上一個臺階嗎？」

孫守義搖搖頭，說：「這件事我也有點搞不懂，當時孟副省長好像呼聲很高，看當時他那架勢根本就是十拿九穩。不知道怎麼了，出來的結果卻不是他。」

趙老分析說：「他之所以敢拿出十拿九穩的架勢，是因爲他確實有這個實力，當時東海本土勢力是支持他當省長的，加上北京這邊也有幾個高層是他的支持者，一度中央都確定讓孟副省長來做這個省長了。爲什麼最後又否決了呢？因爲中央高層中，有人認爲不能讓一位東海本土勢力的人物出任東海省長，否則東海就更成了本土勢力的天下了。這是中央不想看到的結果，所以孟副省長算是成也本土勢力，敗也本土勢力。加上當時中央又收到不少舉報孟副省長的信，兩方面因素結合，才讓鄧子峰出任了這個省長。」

孫守義疑惑地說：「既然有人舉報孟副省長，爲什麼中央不順勢直接拿掉他算了？」

趙老搖搖頭說：「哪有那麼容易？當時有人提出要調查舉報孟副省長的事，結果高層裏面意見分歧很大，有人極力反對這麼做，認爲這會讓本土勢力因此跟中央對立，不利東海政局的穩定；也有人提出另外的想法，想採用明升暗降的方式將孟副省長從東海調走，結果也是遭到了強烈的反對，最終沒能實施。」

孫守義詫異說：「這傢伙的實力這麼強大啊？」

趙老笑說：「不是他強大，而是任何人到了孟副省長這個位置，都不再僅僅是一個人，而是身邊肯定有一個網路，你要動他，網路上所有的人都會出來維護他的。」

孫守義聽了說：「不過，老爺子，我看呂紀和鄧子峰都不是那種甘心受制於人的人。」

趙老笑說：「那當然了，身爲東海省委、省政府的第一負責人，這兩個人哪裡會甘心這種受制於人的局面啊？所以他們之間必然有一場仗要打，而且不打不行。不打的話，該幹的事幹不了，想用的人用不起來，局面就打不開。時間長了，中央就會失去對他們的信心。前面呂紀拿孟副省長的部下開刀，就是一種試探性的出手，只不過這次的試探很不成功，讓呂紀不得不把手又縮了回去。」

孫守義不禁感慨說：「想不到東海省的形勢這麼複雜。」

趙老聽了，笑說：「哪裡有不複雜的地方啊？只要有政治的地方，都是複雜的。我估計孟副省長和呂紀關上門來的那次談話，孟副省長肯定是拿出了什麼東西威脅呂紀，呂紀受到鉗制，才不得不停下追查孟副省長。不過，雙方這次也算是短兵相接了，既然爭鬥已經拉開序幕，呂紀受此挫折絕不會就這麼罷手，我想他會更加想扳倒孟副省長的。」

孫守義點了點頭，說：「老爺子，您說的很對，權力的擁有者大多不想與他人分享權力，更何況是孟副省長這種人，他們不分出個勝負，是不會甘休的。」

趙老說：「是啊，要麼呂紀被擠出東海，要麼孟副省長被絆倒。現在，雖然孟副省長受了點挫折，但是並沒有傷筋動骨，呂紀和鄧子峰暫時拿他沒辦法，博弈還是一種膠著的狀態，這時候任何傷害到某一方人馬的行爲，都會被視爲是那一方的敵人，這可不妙。」

孫守義說：「我明白，老爺子，我不會輕舉妄動的。老爺子，您說呂紀和鄧子峰現在是一種什麼樣的關係啊？」

趙老想了想說：「現在他們之間還有一個共同的敵人，暫時可以同仇敵愾。不過，如果孟副省長被扳倒了，他們的關係就會變質了，那時候他們極可能變成競爭的對手。小孫啊，你不覺得鄧子峰和呂紀的關係，很類似你跟金達的關係嗎？」

孫守義笑了，趙老說到重點了，他跟金達的關係，確實有點類似鄧子峰和呂紀那樣，只不過他們的共同對手是莫克，一旦莫克不在，他和金達便會成爲互相競爭的對手，那時候他們的關係可就微妙了。

趙老語重心長地說：「小孫啊，你要預做準備。現在這個時機對你來說再好不過，金達受莫克牽制，暫時沒有精力顧及你，趁此機會，你可以在海川建立起自己的基礎。將來一旦有一天莫克下臺了，你就有可以跟金達抗衡的實力了。」

孫守義心說這老爺子果然是老謀深算，竟然可以看得這麼遠，這很值得自己學習。他便笑笑說：「老爺子，您想的果然深遠。」

趙老得意的說：「搶先一步，你才能爭取主動權啊。小孫啊，跟我這個老傢伙，你還有得學呢。」

第九章

下流手段

方晶心裏冷笑一聲，娶我？你算什麼東西啊？你也配？！
你這種猥瑣的傢伙只會對女人下藥，根本就不配讓女人喜歡，
你這種卑鄙小人，只會用些下流手段，我噁心都不夠了，怎麼會嫁給你呢？

從趙老那裏出去後，一路上孫守義都沒怎麼說話，到家後，沈佳忍不住問孫守義，說：「守義，你在想什麼啊？是不是在想老爺子說的你跟金達的關係啊？」

孫守義點點頭說：「是啊。」

沈佳說：「那你覺得老爺子說得對不對呢？」

孫守義笑說：「老爺子說的是幾十年政壇歷練才總結出來的心得，怎麼會不對呢？我在想要如何按照他說的去做，像他所說的那樣，在海川建立起自己的基礎。這裏面有很多關係是不好處理的，比方說傅華。」

沈佳認同地說：「是啊，傅華這個駐京辦主任的位置十分關鍵，他是金達的嫡系，在很多方面幫了金達很多忙，跟我們相處的也不錯，將來如果你跟金達衝突起來，還真是不好處理。」

孫守義結論說：「先不去想怎麼處理他了，傅華是個人才，身後的背景也很雄厚，我們對他只能多採用一些拉攏的手段啦。」

第二天，沈佳和孫守義便一起去醫院看鄭莉。

經過一夜休息，鄭莉雖然還有些疲憊，但是精神已經好很多了。她看到孫守義和沈佳來看她，就想坐起來。

沈佳趕忙上前攔住她，說：「你別動了，剛生產完要注意休息。我和守義也不是外人。」又笑著對傅華說：「傅華，你好福氣啊，這下子又有一個兒子了。」

鄭莉笑著說：「沈姐，他心裏並不滿意，他想要個女兒。」

傅華趕忙說：「小莉，別瞎說，兒子女兒我都喜歡的。」

然後鄭莉就和沈佳談論起孩子的事來，傅華和孫守義插不進嘴，就走出病房。

孫守義問道：「傅華，昨天你跟我說海川重機遇到麻煩，究竟是怎麼回事啊？難道連湯言也擺不平了？」

傅華點點頭，說：「事情有點麻煩，這次湯言遭遇到的對手也很有實力，對方預先做了一些措施防止湯言的父親出面，所以湯言運作了半天，問題還是沒得到解決。」

孫守義詫異地說：「連湯言的父親都沒法出面？那這個問題確實是麻煩了。湯言自己是怎麼想的呢？」

傅華說：「湯言光說他能解決，但是也拿不出一個明確有效的解決辦法。我建議過他跟對手講和，聯手運作，不過湯言不願意低這個頭。」

孫守義嘆了口氣說：「他們這些神仙打架，苦的是我們下面這些小鬼，再這麼鬧下去的話，海川重機重組的後續動作可能就泡湯了。」

傅華說：「這倒應該不會，我看湯言跟人打包票三個月之內解決，應該是有辦法解決這個問題的。」

孫守義只好說：「希望是這樣子了，市政府好不容易才擺脫了海川重機的事，可不想再出什麼亂子了。」

傅華笑了笑說：「應該不會了。」

因為心裏有事，方晶沒睡到中午就起床了，這些天，海川重機股票停牌讓她內心煩躁不已，改變了她的生理時鐘，常常讓她不到中午就起床了。

昨天也是這樣，她很早就起床了，越想心中越煩，就直接衝去湯言的辦公室。本來是想去質問湯言的，結果卻碰到傅華跟湯言正在談論海川重機停牌的事，也被她聽到了最不想聽到的東西。

方晶很是後悔昨天跑去湯言的辦公室，不去湯言辦公室，她就不會知道傅華是因為湯言才欺騙她的；也就不會一時衝動的打了傅華一個耳光。如果這一切都沒發生，她和傅華還可以維持一種友好關係。但這一切實實在在的發生了，她和傅華等於是撕破臉。這件事就有點不好收拾了。

冷靜下來想一想，傅華其實也沒做什麼太過分的事，不過是沒跟自己說實話罷了，雖然欺騙了她，但只能說是一種間接的責任，造成她損失的還是湯言。

讓方晶氣惱的，其實是傅華對她的態度，她感覺傅華並沒有把她放在一個對等的位置

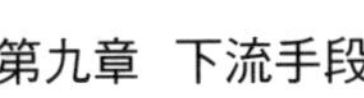

上，好像她對他的好是應該的，而他不需要回報她的這份好。

再是傅華對湯曼的態度也令她無法接受，同樣都是對他有好感的女人，但是傅華表現出來的就是對湯曼比較好，這實在是令人嫉妒。

這讓方晶打消了要跟傅華道歉的念頭，既然他那麼不在乎自己，自己又何必去拿熱臉貼人家的冷屁股呢？方晶此刻也沒太多的心思去考慮她和傅華的關係接下來該怎麼處理，她想的是如何處理她目前的經濟狀況。

雖然投到湯言那裏的錢可能拿不回來，倒還不至於讓俱樂部經營不下去，但是少了這一大筆錢，方晶心裏就沒有了足夠的底氣。

這些年，方晶習慣有這筆錢做後盾。有了這筆錢，方晶就覺得自己實力雄厚，應付起很多事來就覺得遊刃有餘。但現在這筆錢一下子拿不回來，方晶的心就空了很大一塊，有一種恐慌感，她需要趕緊做點什麼填補她心頭的這種空虛。

目前她只能指望莫克的雲泰公路項目了，她前幾天已經按照莫克所說的，成立了一家建設諮詢公司，想到這裏，方晶急於從莫克那邊得到雲泰公路項目進展的情況，就撥通了莫克的電話。

莫克看到手機的來電顯示出現方晶的號碼，愣了一下，平時方晶對他都是不冷不熱的，很少主動打電話給他，今天這個電話讓他感覺很是意外。莫克不禁有點激動，看來雲泰公路項目果然吸引了方晶。

他接通電話，笑笑說：「方晶啊，什麼事啊？」

方晶說：「是這樣，老領導，你說的那個諮詢公司，我已經成立了，跟你說一聲。」

莫克回說：「行，我知道了。」

方晶對莫克的回答並不滿意，她要的是能趕緊來錢的業務，可不是一句知道了就完事了，便笑著說：「你別光說你知道了，問題是下一步我要怎麼做啊？你總不會讓我成立了公司放在那裏養蚊子吧？」

莫克笑了，說：「當然不是了，現在招標還沒有正式啓動，暫時還不能給這家諮詢公司帶來什麼業務。」

方晶便問：「那要多長時間才可以啊？」

莫克心裏奇怪了一下，一向對他很冷漠的方晶怎麼突然變得這麼積極主動了起來？這個變化太過於突然，十分反常。方晶爲什麼會這個樣子呢？她心中有什麼企圖嗎？

此刻，莫克突然意識到他對方晶除了一腔愛戀之外，並沒有什麼可以掌控方晶的手段。如果方晶能像他愛她那樣子愛他的話，那他倒無需擔心什麼；但是如果方晶根本就不喜歡他，只是拿他當成賺錢的工具，那她從雲泰公路項目賺到錢後，很可能就會把他拋到一邊去了，他不但得不到她的人，甚至可能連賺到的錢都拿不到。

這可不行！莫克覺得他必須跟方晶建立起一種能夠控制方晶的更緊密的聯繫，不能就這樣什麼都不做，就讓方晶來操作雲泰公路項目。

要建立起更緊密的聯繫，就要兩人有機會見到面才行。現在莫克一時之間找不到機會去北京，就算去了北京，有那個傅華在，他也不方便跟方晶有太深的接觸。那剩下來的選擇就是讓方晶來海川了。

莫克就笑了笑說：「需要多長時間，我現在還無法確定，不過不會很久的。」

方晶說：「那就好。」

莫克又說：「方晶啊，你是不是找個時間過來海川一趟啊，關於諮詢公司怎麼操作，我們需要好好商量一下；另一方面，你來海川見我，也是向外界傳遞一個訊息，就是你跟我很熟，有意想要拿到雲泰公路項目的人看到了，就會相信你的諮詢公司可以幫他們拿到項目。」

方晶遲疑了一下，說：「一定要過去嗎？」

莫克很認真地說：「最好你能過來一下，我們確實需要見個面，很多事情需要確定了才能辦的。」

方晶想想莫克講的也有道理，她去海川確實有利於公司的操作，就說：「行啊，那我把俱樂部安排一下，就去海川見你。」

莫克聽方晶答應了，心中不禁一陣狂喜，費了這麼多心機，總算把方晶請到他的地盤上來了，到時候如果順利，方晶就是他的了。

莫克強壓住激動的心情，說：「那你儘快安排吧，我會好好接待你的。」

方晶笑笑說：「我儘快就是了。」

方晶掛了電話，莫克興奮地站起來搓著手，方晶就要來海川了，他總算有機會搞定心愛的女人了，這是多令人激動的一件事啊。

但是莫克的興奮並沒有持續多久，他很快又變得垂頭喪氣起來，因為他想到自己不是一個善於征服異性的人，就算方晶現在就站在他面前，他也想不出要怎麼將方晶引誘到床上去。如果沒辦法做到這一點，方晶就算到了海川，也是沒用啊。

莫克苦思半天，卻還是一籌莫展，心裏不由得暗罵自己笨蛋，怎麼竟然一個辦法都想不出來呢？

想來想去，莫克實在是沒招了，又不甘心就這麼放棄大好機會，最後他想到乾脆跟束濤商量一下要怎麼辦。他跟束濤出去玩過幾次，覺得束濤是風月場上的大玩家，對付女人一定有招數的。

莫克就打電話給束濤，約束濤出來見面。束濤還以為莫克有什麼重要的事呢，就跟他在一個隱蔽的地方見了面。

見面後，莫克有點不太好意思的說：「束董，有件事不知道你能不能幫我？」

束濤說：「什麼事啊，您說吧，只要我能做到的，一定幫忙。」

莫克說：「是這樣子，我喜歡上一個女人，可是又不知道該怎麼樣去得到她，你有沒有什麼好招數啊？」

束濤很懷疑莫克所說的這個女人，就是北京那個鼎福俱樂部的老闆娘。束濤雖然沒見過方晶，但卻從張作鵬的描述當中，知道方晶是個美豔不可方物的女人，這也很符合莫克暗戀她的情形。只是方晶這麼出眾的女人，應該不太可能喜歡莫克這種猥瑣的男人的。

束濤雖然猜測莫克所說的人就是方晶，卻不敢最終確定，就笑了笑說：「莫書記，您是什麼意思啊，是要送她什麼嗎？」

莫克搖搖頭說：「送她什麼是沒有用的。有沒有別的辦法？」

到此，束濤可以百分之百確定就是方晶了，因爲方晶貴爲鼎福俱樂部的老闆，送錢或者送禮物自然無法打動她。

束濤便看了看莫克，欲言又止地說：「別的辦法有是有，不過呢，有點那個。」

莫克催促道：「別這個那個的，你就說是什麼辦法吧。」

束濤便獻計說：「我聽說有一種藥，可以讓女人吃了以後任由男人擺佈，甚至還會迎合男人。」

莫克也聽過有這種東西，前段時間孟森的夜總會出事，就是小姐服食過量的這種藥才導致死亡，想來孟森手裏一定有這種藥。束濤跟孟森走那麼近，搞到這種藥也是輕而易舉的。

既然束濤提到這種藥，那也沒必要拐彎抹角了，莫克索性直截了當的問：「束董，你能不能幫我搞到一點這個藥？」

束濤笑笑說：「行啊，舉手之勞。回頭我讓人給你送過去。」

「謝謝了。不過，這件事就你知道就好，千萬別讓第二個人知道啊，尤其是孟森。」莫克不忘交代束濤說。

束濤點點頭說：「我心中有數。」

過兩天，方晶來到海川，莫克讓人將她接到海川大酒店住下。

晚上，莫克推掉了所有的應酬，去酒店見方晶。去之前，莫克將束濤送來的藥帶在身上，準備伺機而動。

到了方晶住的房間，他敲了敲門，門開了，莫克看到笑顏如花的方晶，說：「休息好了嗎？」

方晶點點頭，打開門把莫克放了進來，說：「老領導，海川這地方很不錯啊，從機場過來的路上，沿途的風景都很漂亮。」

莫克笑說：「那當然，海川是著名的旅遊勝地，風景當然好啦。我早就讓你過來看看，你都不肯賞光。」

方晶圓滑地說：「我這不是來了嗎?誒，老領導，我們是不是先談談要怎麼運作公司的事啊？」

莫克說：「方晶，你先別急，公司的事回頭我們會談的。你肚子餓不餓，我們先出去吃飯吧？」

方晶點點頭說：「也行，我肚子還真是有點餓了。」

兩人就出了房間，下去酒店的餐飲部吃飯。

一路上，不少認識莫克的人過來跟莫克打招呼，莫克跟這些人介紹說方晶是他一個舊同事，從北京來的，所以請她吃頓飯。

到雅座坐下來後，方晶不禁說道：「老領導，你挺威風的嘛，一路上這麼多跟你打招呼的人。」

莫克自豪的說：「我再差勁也是這個市的一把手，他們跟我打招呼也是應該的。」

方晶有些鄙夷莫克的這種口吻，自己不過是客套一下而已，沒想到他竟然還炫耀上了。

市委書記宴客，酒店自然不敢怠慢，菜很快就送了上來，都是最新鮮的食材。

莫克問方晶喝什麼酒？方晶孤身一人來到海川這個陌生的地方，心裏有些提防，便笑笑說：「我還是不喝酒，喝點可樂算了。」

莫克聽了，遊說方晶說：「方晶，你這就不對了吧？我去你那裏，你可是喝酒的，怎麼來這兒就不喝了呢？看不起我啊？不行，一定要喝一點。說吧，喝什麼酒？」

方晶看莫克較起勁來，便說：「那就喝一點吧，先聲明啊，我剛坐飛機來，身體很累，今天的酒就少喝一點。」

莫克爽快地說：「行，少喝就少喝，我不會勉強你的。」

莫克讓服務員開了酒，給方晶添上，自己也倒了一杯，然後端起酒杯說：「來，方晶，你是第一次到海川來，這杯我表示一下歡迎。」

方晶看了莫克一眼，笑笑說：「老領導，剛說了要少喝的，你馬上就敬我一杯，這可是有點不太對啊。」

莫克說：「方晶，我就是表示個意思，你的酒量我又不是不知道，洋酒都喝得那麼猛，這點白酒喝起來就像水一樣。來，我們乾了這杯。」

方晶這次是衝著莫克才來的，不想跟莫克鬧得太僵，她自忖自己的酒量應付這點酒應該沒問題，就端起酒杯，將酒乾了。

兩人吃了點菜，莫克再次幫方晶把酒添滿，然後說：「方晶，這次我們終於有機會合

作了，爲了我們的合作，我們是不是應該再乾一杯啊？」

方晶打趣說：「老領導，你這是想灌醉我啊？」

莫克笑說：「方晶，你真是會開玩笑，才兩杯怎麼就會灌醉你？來，預祝我們合作順利。」

方晶便笑了笑，再次把杯中酒喝光了。

兩杯酒下肚，方晶也放鬆了下來，開始跟莫克聊起舊時的同事來。

由於酒宴就兩人，結束的時間不算晚，莫克送方晶回房間。在房門口，莫克便說：「請我進去坐一下吧，我想跟你談一下諮詢公司的事。」

方晶心說：忙活半天你總算說到主題了，就說：「那請吧。」

方晶給自己和莫克倒了水，然後說：「老領導，我們就開門見山吧，說吧，你希望公司賺到的利益怎麼分配啊？」

莫克笑說：「方晶，你這也太直接了吧？」

方晶說：「這是最重要的問題，當然要先講清楚了。」

莫克笑笑說：「你看著隨便給吧，我們倆誰跟誰啊，我不會計較的。」

方晶搖搖頭說：「別這樣，老領導，我們還是先小人後君子的好，省得將來爲此搞得不愉快。你看這樣行不行，五五分，大家一人一半？」

莫克心想：這件事情要運作起來，基本上要靠我才行，你開公司，不過是起一個白手套的作用，所做的事輕而易舉，就這樣你還要五五分帳，不能不說有夠貪心的。不過，莫克很喜歡方晶這麼貪婪，這樣，他才能有機會把她占爲己有，將她長久的留在身邊。

莫克便說：「一人一半，很公平啊，就按照你說的辦吧。」

接下來，兩人又討論了公司接客戶的事和一些具體操作的辦法，這期間，莫克一直伺機想趁方晶不注意時，把藥放進她的水杯裏。但是方晶注意力很集中，視線一直沒離開莫克，讓莫克很難有機可趁。

時間一分一秒的過去，莫克的心也在一分一秒的煎熬，眼看這一晚可能就要無所作爲了。

不知道上蒼是不是聽到了莫克的祈禱，就在莫克幾近絕望的時候，方晶突然站了起來，說：「你看我這記性，我帶了一份禮物給你，都忘記拿出來了。」

方晶就走向行李處去翻找禮物，就在這短暫的刹那，方晶的視線離開了莫克和水杯，莫克瞬間將手心裏的藥物倒進方晶的杯子，又將水杯輕輕搖了一下，讓藥物迅速融化。

方晶找到禮物，拿來遞給莫克，說：「也不知道該買什麼好，就給你買了個水晶擺飾，希望你不要嫌棄啊。」

莫克接過來打開看看，是一隻純淨透明的展翅雄鷹，做工極爲精緻，是一家國際知名的水晶製造商出品的，價值應該不菲，高興地說：「真漂亮，回頭我擺到辦公桌上去。」

方晶笑笑說：「喜歡就好。」說著，拿起水杯喝了口水。

莫克心虛的也拿起杯子喝起水來，看到莫克喝水，方晶又拿起水杯也跟著又喝了幾口。莫克心中竊喜，方晶喝了這麼多下了藥的水，肯定是逃不掉了。

莫克開始東拉西扯，沒話找話的跟方晶攀談，過沒多久，莫克就看出方晶有想睡的意思，只是礙於莫克還在滔滔不絕的說話，不得不強打精神支撐。

到最後，方晶已經支撐不住了，這時候她才意識到事情不妙，她是做娛樂業的，這種被人下藥的情形時有所見，就看著莫克說：「不對，你在水裏……」話還沒說完，只覺得一陣眩暈，便人事不知了。

莫克看著方晶昏了過去，心裏緊張的砰砰直跳，好半天不敢動，確定方晶真的昏過去了，這才小心翼翼的靠近方晶，試探的推了一下方晶，說：「方晶，你怎麼了?」

方晶絲毫沒有反應，莫克的膽子才大了起來，他把鼻子探到方晶的頭髮上，深吸了一口氣，一股女人頭髮的清香味道頓時充盈著他的鼻孔，讓他的心情極爲激動澎湃。

莫克就這麼陶醉了許久，才把方晶抱到床上去，方晶閉著眼，呼吸均勻，吐氣若蘭。莫克輕輕的親了她的臉頰一下，觸感是那麼的滑膩，那麼的誘人，讓莫克忍不住順著臉頰親向鼻子，又從鼻子親向了嘴唇。

親到嘴唇的時候，莫克小心翼翼的試探著用舌頭挑開方晶的嘴，試著想要把舌頭探進方晶的嘴裏。恰在這時，方晶嚶嚀了一聲，嚇得莫克趕忙把舌頭收了回來。

隨即他笑了，自己怎麼這麼膽小啊，此刻的方晶已經是昏迷狀態了，他想對她做什麼都可以，怕什麼啊？

莫克定下心，再次去親方晶的嘴唇，這次他索性把舌頭伸進方晶的嘴裏，挑逗的去糾纏方晶的香舌，然後手指顫抖的去解開方晶的外衣，將她身上的衣物一件一件褪了去，一個玉般光潤無瑕的身體完全呈現了出來，看得莫克饞涎欲滴。

他暗嘆造物者的巧妙，竟然會創造出這麼完美的人來。莫克幾乎有褻瀆的感覺，撫摸方晶玉體的雙手微微的顫抖著，生怕一用力就會把美人的身體碰破了。

莫克匆忙脫去衣服，然後趴在方晶的身體上，開始劇烈的撞擊起來。不過，不知道是不是太興奮的緣故，才幾下莫克就繳械了，心裏十分沮喪。

好在方晶仍然昏迷未醒，靜靜地躺在那裏，等著他進一步的舉動呢。只是莫克試了好幾次，仍是雄風不起，只好悵然放棄。

莫克不敢在方晶的房間待太久，他擔心方晶的藥效過了，醒來看到的話，說不定會跟他大鬧起來。另一方面，很多人看到他進了方晶的房間，如果這一夜都不出去的話，外面的八卦又要滿天飛了。

莫克趕忙穿好衣服，把房間收拾了一下，又把方晶杯中沒喝完的水給倒掉，再重新倒上水，確定沒留下什麼痕跡之後，這才看了眼還在熟睡的方晶，不捨的離開。

回到家中，莫克連澡都沒洗，就躺在床上，他想多保留一陣方晶身上的氣息，就在這種想像的美好中甜蜜的睡著了。

早上起來，方晶的頭好像要裂開一般的疼，腦中一片模糊，心說這是怎麼了，難道是病了嗎？

過了一會兒，方晶才想起昨晚發生的事，好像她喝了水後，就感覺一陣眩暈，然後就昏了過去。暗道不好，著了莫克的道了。方晶趕忙檢查了一下自己，感覺到下面有些異常。

方晶沒想到外表文質彬彬的莫克竟會對她使用這種下三濫的手法，她抓起電話就想打去罵莫克，可是還沒撥號就把電話放下了，她打這個電話準備要跟莫克說什麼呢？罵他嗎？昨晚可是她讓莫克進的屋，如果莫克抵死不認帳，或者說是她主動跟他發生關係的，她又如何辯白？如果事情鬧大，恐怕難收場的不是莫克，而是她了。

方晶知道這次她失算了，原本她想算計莫克，卻反倒被莫克算計了，真是夠窩火的。

她心裏很清楚莫克對她有非分之想，因此事先就通盤考慮過。按照她的想法，先儘量跟莫克保持一定的距離，實在保持不了時，她也可以接受偶而發生一些那種關係。只是她萬萬沒想到莫克竟然使用迷姦的手段，這真是惹惱了方晶。她可以接受跟不愛的人做那種事，但是她不能接受在違背她的意志下做那種事。

此刻，方晶心中對男人充滿了恨意，滿腦子想的都是要如何去報復坑害她的男人。她暗自發狠，要讓所有負了她的男人都得到報應。尤其是傅華和湯言，要不是這倆個傢伙，她有必要千里迢迢的跑到海川來被莫克欺負嗎？

她要狠狠的報復這些欺負她的男人，一定要讓他們付出慘重的代價，直至身敗名裂。

早上，莫克匆忙去了辦公室，忙碌的行程，讓莫克沒有時間去想方晶的事。

中午吃飯的時候，莫克有了一點空閒時間，心裏開始有點奇怪了，方晶應該醒了吧？如果醒了，她應該會發現他對她做了什麼，怎麼一點反應都沒有？

莫克知道方晶不是那種溫柔怕事的女人，而是敢想敢做的人。如果她發現他對她做的事，正常的方晶是應該衝來質問他的，起碼也會打個電話來罵他一下，但是她居然一點反應都沒有，也太不正常了。

難道是出了什麼事了？莫克心裏緊張了起來，他知道這種藥很不安全，上次孟森那兒死的那個女人就是一個例子，千萬不要方晶也出現了這種狀況？他緊張地抓起手機，連忙撥電話給方晶。

電話響了很久方晶都沒接，莫克慌神了，方晶爲什麼不接電話？難道她還在昏迷狀態嗎？如果方晶真的出了什麼事，那第一個嫌疑犯就是他了。

莫克腦袋嗡地一下大了，這可怎麼辦啊？自己也是邪門了，怎麼會想到這麼下作的手法呢？

冷靜，冷靜，千萬不要慌，也許方晶什麼事都沒有，只是沒聽到他的電話鈴聲而已。

莫克等了一會兒，再次把電話打了過去，結果還是一樣，還是沒有人接電話，莫克這下子真的是慌了。

他想打電話給東濤，質問他給他的藥物是不是有什麼問題；又想衝去酒店，看看方晶究竟如何，也許這時候衝去還能救醒方晶，不過，那樣子也就敗露了他對方晶做過什麼啦。

莫克不斷的天人交戰著，去還是不去，心裏像熱鍋的螞蟻一樣難受。

莫克再次撥通方晶的手機，嘟嘟的電話聲不斷地響著，方晶還是沒接，莫克的心越抽越緊。就當他要絕望的合上手機時，電話突然接通了，話筒裏傳來方晶的聲音：「我在洗澡呢，你幹嘛電話一直打個不停啊？」

莫克懸著的心一下子放了下來，差一點就要喜極而泣了。莫克笑說：「我哪知道你是在洗澡啊？你也真是的，怎麼洗這麼久的澡啊？」

方晶生氣的說：「莫克，你裝什麼糊塗啊？我爲什麼洗這麼久的澡你不知道嗎？你昨晚對我做了些什麼？」

莫克一下子語塞了，他剛才光顧著擔心方晶有沒有出事，忘了他昨晚對方晶做的事很難解釋。

可是又不能不解釋，不解釋的話，很可能激怒方晶，方晶萬一衝來市委質問他，他這個市委書記就會很尷尬了。再是如果方晶一氣之下跟他再不往來，那他就失去接觸方晶的機會了。

到底該怎麼說呢？莫克撓了一下頭。

誒？不對！方晶雖然語氣不高興，卻沒有到怒不可遏的程度，似乎並不覺得昨晚的事不可原諒？那是不是她心裏其實是願意自己那麼做的啊？她來海川，也許早就準備獻身給自己了。自己怎麼這麼傻，沒有早看出這點來呢？如果早看出來，就不用使用什麼藥物這種卑鄙的手段了。

莫克乾笑了一下，說：「方晶，我昨晚是對你做了一些不該做的事，不過那都是因爲我太喜歡你了，只是我這個人笨嘴拙舌的，不善於表達出來讓你知道。」

方晶怒道：「你喜歡我，怎麼可以這麼對我啊？」

莫克聽得出來，方晶雖然生氣，卻沒有真的要跟他撕破臉的意思，便說：「我知道我很不應該，但是我也是因爲太愛你，就無法控制自己了。方晶，事情我做都做了，你想怎麼懲罰我都可以。」

方晶氣說：「你，你這不是無賴嗎？」

莫克說：「我是很無賴，但是這個無賴從第一眼看到你，心裏就暗暗喜歡上你了，現在我已經完全的擁有你，於願足矣，你要怎麼對我，用什麼方法懲罰我，我都願意接受。」

方晶問：「你就不怕我去公安局告發你？」

莫克笑說：「當然怕，但是只要是你做的，我都願意接受。昨晚我已經想了很多，也做好承擔這麼做的一切後果。如果你真的去告發我，我接受你安排給我的命運，即使是身敗名裂。」

方晶遲疑了一下，說：「莫克，我在你心中真的有這麼好嗎？」

莫克深情地說：「我不善於表達，講出來的不如我心中想的十分之一。其實我一直沒跟你說的是，我跟朱欣之所以離婚，很大一部分原因是因爲你，朱欣早就看出我心中是在暗戀你了。」

方晶說：「我可沒有要影響你們夫妻感情的意思。」

莫克說：「這不是你的責任，你根本就不知道這些。只能說是我太癡心了，結果被朱欣看了出來，就老是拿這個跟我鬧，搞得我實在受不了，就堅決要跟她離婚，她在狠狠的敲了我一竹槓後，這才跟我離了婚。」

方晶笑說：「敲了你一竹槓，這又是怎麼一回事啊？」

莫克說：「也沒什麼，朱欣硬是從我這裏拿了一百萬和一間房子，這才答應跟我離婚的。」

方晶心動了一下，以莫克的收入是拿不出一百萬和一間房子的，這一定是莫克受賄得來的。想不到他爲了取悅自己，連這種事都說了出來。

方晶有心想套莫克的話，這可能是以後她用來對付莫克的武器，便問道：「你從哪裡搞出這一百萬和一間房子的？你又在騙我了，是不是？」

莫克趕忙說：「沒有，我沒有，方晶你不懂，作爲一個市委書記，隨便一句話就可以得到這一百萬和一間房子的。朱欣從我這裏拿走的這些，都是海川市一家地產商，叫做城邑集團支付的。」

方晶故意說：「我不信，你市委書記的話就這麼好用？我是商人我知道，商人都是無利不起早的，怎麼會一句話就給你這麼多好處？」

莫克笑說：「這你就不懂了，我那句話可是幫城邑集團拿到了一塊好地，他們給我一百萬和一間房子還是少的呢，只是我急於跟朱欣離婚，就懶得跟他們計較了。」

方晶心裏刻下了一條印痕，記下莫克出面幫城邑集團拿地，從而得到一百萬和房子的事。將來有一天她跟莫克算總帳的時候，這一筆她一定會把它提供給紀委的。

方晶說：「原來是這樣啊。」

莫克笑說：「是啊，就是這樣子的。方晶，我做了市委書記才知道，這個位置真的能夠獲取很多利益。雲泰公路只是冰山一角，如果我們合作下去的話，還有很多可以做的事，還能賺很多的錢的。」

方晶故作抱怨說：「你都那麼對我了，叫我怎麼跟你合作啊？」

莫克陪笑著說：「方晶，我剛才跟你解釋了，我那麼做是因爲太喜歡你，並不是對你有什麼惡意。你原諒我好嗎？」

方晶嬌嗔地說：「你要我怎麼原諒你啊，你那麼做根本就是不尊重我。」

莫克立即保證說：「我保證，以後不會再有這種事發生了，要做什麼，我都會尊重你的。」

方晶這才說：「算你說了句人話。」

莫克聽方晶的意思似乎是不再跟他計較了，便問道：「方晶，你的意思是原諒我了？」

方晶嘆了口氣，說：「不原諒你又能怎麼樣呢？難道我要哭著喊上吊自殺嗎？還是要拉著你要你對我負責？我又不是十七八歲的少女，是成年人了，不會那麼幼稚的。」

這時，莫克的心徹底放下了，笑笑說：「方晶，其實我很願意對昨晚的行爲負責的，只要你答應，我可以馬上娶你的。」

方晶心裏冷笑一聲，娶我？你算什麼東西啊？你也配?!我要嫁也要嫁像林鈞那樣的才行，你這種猥瑣的傢伙只會對女人下藥，根本就不配讓女人喜歡，你這種卑鄙小人，只會用些下流手段，我噁心都不夠了，怎麼會嫁給你呢？

剛才方晶說她在洗澡，並不是騙莫克的，她確實是在洗澡。她感覺渾身都有一種莫名的怪味，昨晚不知道莫克在她身上都做了什麼噁心人的事。讓她渾身不自在，就一遍一遍的洗滌自己。

邊洗邊想起她跟林鈞在一起時的甜蜜往事，方晶的眼淚不由自主的流了下來，這個世界上只有林鈞才是唯一真正對她好的男人，她恨自己竟然會對這一點動搖過，還想去跟傅華發展出一段新戀情來。結果那個混蛋根本就不珍惜她的一片癡情，還把她騙得遍體鱗傷。

冥冥中似乎真有天意，這次她被莫克迷姦，也許就是上天對她猶豫再三不肯爲林鈞報仇的懲罰吧？

方晶心裏很清楚，她之所以下不了決心替林鈞報仇，是因爲她心中對傅華始終存有一絲幻想，期望有一天傅華會接受她的愛意。如果她報仇，報復了莫克，她就無法繼續在這裏存身了。因爲她的報復計畫中，需要引誘莫克犯罪，然後揭發莫克。在犯罪過程中，方晶也很難獨善其身，爲了保全自己，她在揭發莫克時，勢必得先離開國內。

出國對方晶來說倒不是什麼難事，她早已移民澳洲，可以輕鬆地買了機票就去澳洲。但是離開容易，再想回來恐怕就很難了，那樣她可能這輩子都無法再見到傅華。

現在，她徹底放棄了對傅華的幻想，她不但要爲林鈞報背叛之仇，還要爲自己一雪被迷姦的恥辱。

第十章

喜得貴子

傅華笑說：「那恭喜你了。」

湯言說：「恭喜我什麼啊，不過是賺了點小錢而已。倒是要恭喜你和鄭莉，喜得貴子啊。這幾天我一直忙著處理海川重機的事，沒時間去看鄭莉，她應該挺好的吧？」

方晶冷笑一聲說：「莫克，你想娶我？我方晶可不是隨便就會嫁的，你也要掂量一下自己的分量，看有沒有能力娶我。」

莫克遲疑了一下，他確實在心中掂量了自己的條件，認爲他已經有足夠的能力給方晶所想要的東西，便說道：「方晶，以前我沒這個自信，但是現在我是市委書記，已經有能力讓你過上幸福的生活了。」

方晶笑了，說：「莫克，我對幸福的標準可是很高的，你可不要自不量力啊！」

莫克說：「我知道你的標準很高，但是我願意爲了你奮鬥，直到達到你的標準爲止。」

方晶暗自搖頭，這些男人，總是這麼愚蠢，自以爲他們瞭解女人想要的是什麼，女人真正想要什麼，男人根本就不知道。就像莫克，以爲只要通過努力就能得到她的心，其實這是他的癡心妄想，就算莫克把全世界的財富都放在她面前，她也不會對他動心的。

但是現在她還要用到莫克，自然不會把心中真實的想法告訴莫克，便笑笑說：「那你還需要加把勁，起碼到目前爲止，我還沒看到讓我滿意的地方。」

莫克笑說：「我知道我現在的表現肯定無法讓你滿意，但是只要你肯給我這個機會，總有一天我會讓你意識到，我才是那個能夠給你真正幸福的男人。」

莫克這麼肉麻的話，讓方晶雞皮疙瘩掉了一地，忍不住打了一個寒顫，說：「那我就等著看你的表現了。」

莫克笑笑說：「我會讓你看到的。方晶，晚上我過去陪你吃飯吧？」

方晶頓時感覺渾身上下一陣的難受，她不想馬上就跟莫克見面，沒想到莫克臉皮這麼厚，做了那麼齷齪的事，還能若無其事的要求跟她一起吃飯。

方晶不好明著拒絕，就說：「我倒是沒什麼啦，只是你是市委書記，有那麼多空閒時間嗎？連續兩天陪我吃飯，不會讓人覺得你不務正業嗎？」

莫克不以為意地說：「市委書記也是人啊，也有七情六欲，陪一下朋友有何不可？」

方晶不好再說什麼，另一方面，她也想看看莫克這個僞君子再次面對她時是什麼表情，於是改變了主意，笑笑說：「行啊，那你就過來吧。」

晚上七點左右，莫克來到方晶的房間，方晶給他開了門。

莫克在看到方晶的那一刻，神情略微有點尷尬。但也就是一瞬間，馬上他就若無其事了。

方晶譏誚的說：「莫克，我真沒想到，你的變化竟然會這麼大，以前你見了我都會臉紅的，現在你對我做了那種事，居然還能這麼言行自如啊？」

莫克乾笑地說：「我那是太愛你了，愛是無罪的嘛。」

方晶嗤了聲說：「好了，別拿肉麻當有趣。你是準備進來坐一下，還是直接去餐廳？」

莫克笑笑說：「我們去餐廳好了。」

兩人去了餐廳，坐定後，莫克說：「方晶，我想過了，雲泰公路的事我會盡力幫你的，所賺的收益都歸你好了。」

方晶笑說：「怎麼，這算是你做了虧心事，對我的補償嗎？」

莫克乾笑了一下，說：「方晶，你別這樣子，我跟你說了，我是真心喜歡你的，我願意為你做任何事。」

方晶說：「別說得這麼好聽，事情先做了再說吧，你現在什麼都還沒做，就跟我說這麼一大堆，有用嗎？」

莫克看方晶這個態度，趕忙表態說：「你放心，我說到做到，一定會表現好的。如果我做得不好，我就再也不見你了。」

由於方晶對莫克的態度還算溫和，有點欲拒還迎的架勢，這晚莫克的心情都是一種興奮的狀態，就好像他和方晶已經在一起的樣子了。

晚飯吃完，莫克送方晶回去，方晶開了房門，回頭看了看莫克，說：「進來坐一下吧。」

這次莫克眼中的方晶含情脈脈，似乎真是想邀請他進去坐，莫克不禁咽了口唾沫，跟著方晶走進了房間。

方晶笑著把門關上，然後去床邊坐了下來，看著站在那裏不知如何是好的莫克，拍了拍身邊的位置，說：「過來坐吧。」

她這些年做俱樂部，應付男人還是有一手的，除了傅華，她從沒在哪個男人面前吃癟過，更何況莫克這種暗戀她很久的男人。

莫克有點尷尬的說：「方晶，這……」

方晶笑說：「怎麼了，你不敢嗎？」

莫克聽了，趕忙說：「這有什麼不敢的。」

話雖這麼說，莫克還是縛手縛腳的樣子。方晶心裏又好氣又好笑，這傢伙真是不乾脆，該做的事都做了，卻還這麼放不開手腳，真是窩囊！

方晶邀請莫克進來，心裏當然是有所算計的，她要莫克死心塌地的對她，要想這樣，老是保持距離是不行的。方晶考慮過，她覺得應該給莫克一點甜頭吃，從而套牢莫克，讓他對她惟命是從，才能讓莫克鑽進她設好的圈套裏，達到報復的目的。

莫克坐到方晶身邊，卻是看也不敢看她，更別說對她做什麼了，方晶耐不住性子，伸手去輕輕地撫摸著莫克的臉龐，嬌笑著說：「莫克，你喜歡我，爲什麼不敢跟我說呢？」

方晶的行爲讓莫克膽子大了一些，他握住方晶的手，說：「我哪裡敢說啊，在我心中，你就是我的女神。」

方晶說：「那我現在還是你的女神嗎？」

莫克點點頭，顫抖的說：「是，你永遠是我的女神，這輩子都是。」

莫克話還沒說完，方晶就用嘴堵住了莫克的嘴，親吻起莫克來。

莫克一開始還有些反應不過來，麻木的被方晶擺佈著，不過，很快他也有了反應，便主動地去迎合方晶的舉動，吻住了方晶的香舌，兩人糾纏在一起。方晶閉上雙眼，等待著莫克進一步的動作。

沒想到莫克又是重現上次的窘狀，還沒進門就繳械投降了，方晶心裏暗罵莫克沒出息，連像個正常男人的表現都無法完成，真是喪氣。

方晶推開了莫克，冷冷地說：「時間也不早了，你該回去了。」

莫克尷尬的辯解說：「方晶，我是太興奮了，平常我不是這樣子的。」

方晶有心想罵人，還是忍了下來，淡淡地說：「我相信你平常不是這樣的。我現在有些累了，你先回去吧。」

莫克有些羞愧的看了方晶一眼，說：「那好吧，我先回去了，你早點休息。」

臨分手時，方晶看莫克垂頭喪氣的樣子，不知道怎麼了，心裏突然覺得這個男人也挺可憐的，就說：「你別太把今晚的表現當回事，回去好好休息一下就好了。」

莫克感動的都有點哽咽了，剛想說什麼，卻被方晶推出了門，說了聲早點休息，就把門關上了。

原來方晶看出莫克似乎又想跟她黏糊，就有些受不了，索性趕緊把莫克推了出去。莫克卻會錯了意，以爲方晶是怕他留下來會尷尬，才將他推了出來，心說：原來方晶對他並不是一點感情都沒有，連他在床上表現的這麼不盡人意，她還是這麼爲他著想。

莫克一路感動的回到家，並在心中暗自發誓，今後一定要想盡辦法對方晶好。

這邊的方晶卻根本就沒這樣想過，一關上門，她就馬上衝去浴室，打開水龍頭拼命地沖洗，想用力沖掉莫克留在她身上的氣味。

北京。

傅華接到丁益打來的祝賀電話，祝賀傅華喜得貴子。

丁益說：「嫂子都還好吧？」

傅華回說：「算是很順利，母子均安。」

丁益笑笑說：「那就好，等過段時間我去北京，看看你兒子長什麼樣子。」

傅華說：「好啊，我等你。」

恭喜完，丁益又說：「誒，傅哥，你知道誰來海川了？」

傅華問：「誰啊？」

丁益說：「鼎福俱樂部的老闆娘方晶啊，沒想到她跟市委書記莫克的關係那麼好，這幾天，莫克只要有空，就跑去海川大酒店見那個女人，陪她出來玩、吃飯什麼的。很多人私下都說莫克在追求這個女人。傅哥，這兩人你都認識，在北京的時候，你沒看出他們之間這麼曖昧嗎？」

丁益說起方晶，讓傅華馬上就覺得臉上火辣辣的，至今他還能感覺到方晶打他那一耳光的疼痛。

對此他並不怨恨方晶，是自己欺騙了方晶，再加上湯言把事情搞成那個樣子，方晶一時氣憤，把怨氣撒在他身上也是正常的。

傅華很清楚方晶對莫克的感覺，她並不喜歡莫克，甚至某種程度上很討厭莫克的虛偽，但是又怎麼會跑去海川跟莫克打得火熱呢？這裏面有什麼是自己不知道的嗎？

不過這些好像他有點管不著了，就笑笑說：「我對這些八卦一向不關心。再說，莫克跟方晶現在都是單身，兩個人要是發生什麼，誰也管不著。」

丁益笑了笑說：「這倒也是。不過有件事十分蹊蹺，你知道嗎，傅哥，據說這個方晶還是北京一家什麼路橋建設諮詢公司的老闆，這個有沒有讓你想起什麼來啊？」

傅華愣住了，說：「路橋建設諮詢公司？沒聽說方晶還有這麼一家公司啊？」

丁益笑說：「你沒聽說，並不代表它不存在，有人見到方晶發的名片上清楚的印著這家公司。傅哥，你知道我聽說這件事之後，首先想到了什麼嗎？」

傅華說：「你還能想起什麼啊，不就是關蓮和她的諮詢公司嗎？」

丁益苦笑了一下，說：「是啊，我想起了關蓮和她的公司。傅哥，你是最清楚的，當初穆廣讓關蓮在北京成立諮詢公司，目的就是爲了讓關蓮做他收賄的白手套。現在雲泰公路項目的招標剛要啓動，方晶就出現在海川，這個手法跟穆廣完全一樣，我猜莫克根本是在玩跟穆廣一樣的遊戲。」

傅華心情就開始沉重起來，他不知道方晶爲什麼要玩這個遊戲，這種遊戲很危險，玩這種遊戲的人是沒有什麼好下場的。當初關蓮搭上了性命，現在方晶也要玩這一套，他很替她擔心。

難道是方晶因爲受不了在湯言這邊的投資損失，所以想要跟莫克勾結賺快錢嗎？如果真是那樣的話，他對此也需要負上一定的責任。

傅華嘆了口氣，如果是以前方晶還沒跟他翻臉的時候，他可以跟方晶溝通一下，讓方晶放棄跟莫克的合作。但是現在方晶已經跟他翻臉了，他再想勸方晶，已無可能。方晶一定不會聽他的勸的，甚至可能產生叛逆心，跟莫克走得更近。

傅華知道他無法管，也不能管，這裏面還牽涉著市委書記莫克呢。反正方晶也是成年人了，應該知道什麼可以做，什麼不能做。

傅華也不想讓丁益管這件事，就說：「丁益，你瞎聯想什麼啊？我看你還是沒放下關蓮啊。兄弟啊，有些東西該放下了，早點找個正經的女孩子結婚，別對關蓮念念不忘了。」

丁益說：「傅哥，我不是放不下關蓮，而是覺得這件事有點蹊蹺，所以才跟你說一下。」

傅華說：「你跟我說了，我又能怎麼樣呢？最近市裏面的形勢你又不是不清楚。我勸你就當不知道，也不要再跟別人談論這件事，否則招惹到市委書記的雷霆之怒，怕是天和又要吃不了兜著走了。」

丁益聽了，埋怨說：「行了，我知道了。傅哥，我怎麼覺得你現在有些怕事，以前你聽到這種事時，反應可不是這樣的。」

傅華笑笑說：「那時候我還年輕，很多事情想得比較簡單。現在我已經是兩個孩子的父親了，凡事就必須多想一下。」

丁益抱怨說：「傅哥，我有些不喜歡現在的你了，一點都不熱血，變得世故了起來。」

傅華無奈地說：「丁益，我也不想這樣啊，但是不這樣子不行啊，你就看金達的表現就明白了。當年金達敢直接跟徐正在會議上吵起來，現在呢，你看他還敢這個樣子嗎？這就是現實，就算你再有理想，再有熱血，也會被現實給磨沒了的。」

剛掛掉丁益的電話，趙婷帶著傅昭走進了病房。

鄭莉看到傅昭，歡迎著說：「小昭來啦。」

傅昭點點頭，說：「阿姨，我來看看小寶寶長什麼樣子。」

趙婷笑說：「這孩子聽說你生了，非鬧著要來看看。」

鄭莉說：「來就來吧，小婷，你忘記沒，當初小昭可是一口斷定我會生兒子的。」

趙婷笑了，說：「這我沒忘記，想不到還挺準的。」

鄭莉說：「小昭，看弟弟是像阿姨，還是像爸爸？」

傅昭過去鄭莉身邊，看了看正閉著眼睛睡覺的小嬰兒，看了半天，困惑地說：「阿姨，我看不出來像誰。」

鄭莉笑說：「弟弟正在睡覺，你看不到他的眼睛，等他醒了，你就會看出來了。」

傅昭說：「那他什麼時候能醒啊？」

趙婷在一旁說：「好了，小昭，別鬧阿姨了，讓阿姨休息一會兒。」

傅華從床頭櫃上找了幾樣水果，遞給傅昭說：「小昭，吃水果，弟弟要醒還要等一會兒。」

趙婷問：「給孩子起名字了沒有？」

傅華說：「還沒呢，小莉要爺爺給孩子起名字，爺爺還沒想好。」

這時鄭莉插話說：「小婷，你跟John離婚的事還沒辦好嗎？」

趙婷苦笑說：「別提了，爸老說快辦好了，可是總是又有這樣那樣的事跑出來，然後就拖延了下來，搞得我煩透了。真不知道爸是怎麼辦事的。」

「怎麼，趁我不在就在背後說我壞話啊？」這時趙凱手拿著一束鮮花，從外面走了進來，笑著說。

趙婷笑說：「我那不是說你壞話，我說的是事實。」

鄭莉和傅華趕忙和趙凱打招呼，趙凱把花遞給傅華，說：「小莉傅華，恭喜你們喜得貴子啊。」

鄭莉和傅華都笑說：「謝謝爸爸。」

傅華把花插好，問道：「爸，小婷和John的事怎麼還沒辦好啊？上次我記得您跟我說快了的。」

趙凱嘆說：「John那個人十分無賴，每次法院要下判決了，他就想出一堆理由來拖延，搞得法院也無法下判決。」

傅華聽了說：「這樣下去不是個辦法，這要拖延到什麼時候啊？」

趙凱說：「不會再拖下去了，我剛跟律師溝通過，法院說他們已經看出John是在惡意拖延，這次不管John再搞出什麼新花樣，他們都會置之不理的。」

趙婷驚喜地說：「爸，你說的是真的嗎？這次不會再有什麼變故了？」

趙凱點點頭說：「是的，這次律師跟我打了包票，絕對會拿到離婚判決的。」

鄭莉高興地伸手握了一下趙婷的胳膊，說：「恭喜你，小婷，你總算可以擺脫John的糾纏了。」

趙婷點點頭說：「是啊，我終於可以擺脫他，過自己的生活了。」

坐了一會，趙凱就先行離開，傅華送他出去。上車時，趙凱問傅華說：「傅華，最近你有沒有見過John？」

傅華看趙凱的神情凝重，愣了一下說：「沒有啊，我見他幹什麼？爸，是不是有什麼事您沒說出來啊？」

趙凱點點頭說：「是啊，有些事在趙婷和小昭面前我不好說，怕嚇著他們。John最近的狀態很差，神情恍惚，鬍子也不刮，我見到他都覺得他有些可憐。唉，這都是小婷的任性害的，其實John對小婷和傅昭還是不錯的。這也怪我，小婷的性子都是我慣出來的。」

傅華勸說：「爸爸，您也別把責任往自己身上攬，John的個性也有問題，可能暫時接受不了，不過總有一天他會明白過來的。」

趙凱說：「我是提醒你，這次判決下來，John可能會做出一些不理智的行爲。你要小心一些，他可是把小婷和他離婚的原因都歸咎在你身上。」

傅華老神在在地說：「我沒事，John那傢伙是個懦夫，不敢對我怎麼樣的。倒是小婷和小昭兩個人的安全可能會成問題。」

趙凱說：「他們倆你就不用擔心了，這段時間我會安排人跟著他們的。我擔心的是你，你可別太掉以輕心。John是沒脾氣不假，但是誰知道他失去理智時會幹出什麼事情來啊？要不然我也安排兩個人跟著你？」

傅華笑說：「爸爸，這就不用了，我總算是個小官，身邊跟著兩個保鏢算是怎麼一回事啊？您放心，我會保護好自己的。」

趙凱提醒說：「反正你自己注意，我公司還有事，先走了。」

傅華回到病房，趙婷和鄭莉正聊得起勁。又聊了一會兒，趙婷擔心鄭莉太累，就帶著傅昭告辭了。

轉天，湯曼也帶著鮮花過來看鄭莉，還說湯言也想過來，只是最近實在太忙，走不開，讓她代問鄭莉安好。

傅華問湯曼：「小曼，你哥是不是在忙海川重機的事啊？」

湯曼點點頭說：「是啊，哥最近真是被這件事搞得焦頭爛額的。不過你不用擔心，海川重機很快就會復牌了。」

傅華好奇地問：「你怎麼能這麼肯定海川重機很快就會復牌？」

湯曼說：「因為哥已經跟蒼河證券那幫傢伙接觸了。」

傅華愣了一下，說：「你哥準備跟蒼河證劵講和嗎？」

湯曼點點頭，說：「是的，哥在跟蒼河證劵談判雙方合作的事。目前來看，想要短時間解決海川重機停牌的問題，也只有這個辦法了。」

傅華說：「那蒼河證劵肯跟你哥合作嗎？」

湯曼笑說：「蒼河證劵現在也是騎虎難下，他們整了哥這麼久，也沒整出個什麼來，再僵持下去，他們也討不了什麼好去，搞不好還會鬧個兩敗俱傷的局面。哥肯低頭，已經給他們一個莫大的面子了。另外，爸爸請了一位老革命跟對方打了招呼，就算是他們不想賣哥的面子，那位老革命的面子卻不能不賣，所以他們就答應跟哥談判了。」

傅華說：「我早就建議合作解決問題了，只是你哥之前一直不肯接受。現在好了，他總算肯接受現實了。」

湯曼笑笑說：「其實哥雖然有些偏執傲慢，但是為人卻不壞，從來都不害朋友的。這次他本來是不想低這個頭的，但是看到方晶急成那樣，只好改變原來的計畫，跟對手講和。只是這下子，恐怕這次的操作就無法達到預定的目標了。」

傅華點點頭說：「還是把問題早點解決了，再拖下去，說不定對方又會出什麼新招就麻煩了。」

湯曼說：「哥正在解決，只要談判好，海川重機很快就會復牌了。只是害傅哥你平白無故的挨了一個耳光。」

傅華笑說：「那都是小事，只要海川重機的問題得到解決，那都無所謂了。」

海川。

方晶要返回北京了，莫克跑來酒店給她送行。莫克十分捨不得方晶這麼快就要回北京，他本想調整一下身體狀況，再以良好的狀態跟方晶在一起。哪知道方晶待了一天之後，說北京打電話讓她早點回去，根本就沒再給他機會。

莫克看著方晶，依依不捨地說：「方晶，你再多留幾天吧，我們才剛開始，你卻這麼快就要離開了。」

方晶很受不了莫克這種黏人的樣子，說：「莫克，我真是需要回去處理俱樂部的事。你別這樣子，我們合作的事業剛剛開始，以後相處的機會多得是。」

莫克對方晶這麼說感到很高興，這等於方晶認可了他們以後是可以繼續發展的，就說：「那我就期待下次見面了。」

方晶笑笑說：「我在北京等你，你也別太忙於工作，把身體調養好，我希望你能健健康康的，這樣我們才好在一起啊。」

莫克覺得方晶真是太會體貼人了，點點頭說：「你放心，我一定會保養好身體的。」

莫克親自送方晶去機場，看到方晶衝著他擺手，高興得臉上綻開了燦爛的笑容。

齊州，鵬達路橋集團，張作鵬辦公室。

束濤從海川趕來跟張作鵬見面。束濤說：「張董，你確定你去北京見過那個方晶了？」

張作鵬說：「我這麼大的人了，見個人還會搞錯嗎？」

束濤又問：「那方晶真的拒絕，說她不能幫你跟莫克溝通？」

張作鵬回說：「當然了，她說得很乾脆，我不會搞錯的。」

束濤聽了說：「那就奇怪了，你知道這幾天莫克在海川見了誰嗎？」

張作鵬看了看束濤，說：「該不會就是方晶吧？」

束濤說：「沒錯，就是方晶。她來海川三天，莫克陪她吃了兩頓飯，還在她房間待了很久。張董，你覺得他們會是怎樣的一種關係啊？」

張作鵬沉吟了一下，說：「不會真的像你說的，這個方晶是莫克的情人吧？」

束濤笑笑說：「孤男寡女獨處一室，除了這個，我還真想不出來他們會是什麼關係。張董，你上次被這個方晶給騙了，估計她是看到你是生面孔，所以沒敢承攬你。」

束濤的話有譏諷的味道，讓張作鵬聽了有點惱火，說：「媽的，這個臭女人敢這麼對我，她還在海川嗎？」

束濤說：「你想幹嘛？」

張作鵬恨恨地說：「如果還在海川的話，我倒要去會會她，看她怎麼跟我解釋騙我的事。」

束濤笑說：「張董啊，人家跟你解釋什麼，她跟你又不熟，需要把所有的事都跟你說嗎？好啦，方晶已經走了，今天上午的飛機，莫克親自送機的。你如果真想讓她解釋清楚，恐怕要去北京才行了。」

「北京？那還是算了吧。」

張作鵬有點氣餒了，海川勉強算是他的地盤，他有自信可以去質問方晶，但是北京是方晶的主場，方晶在俱樂部的氣場可以壓他一頭，他沒有這個膽氣去質問她。

束濤笑說：「怎麼，說到北京你就怕了？」

張作鵬坦承：「是有點膽虛，束董，你不明白，這個女人很有威勢，我在她面前可不敢放肆。」

束濤認同地說：「我也偷著打量過這個女人，確實是個很出眾的人物。我都很奇怪莫克怎麼有本事搞定這個女人，這個女人讓我對莫克有了一些新的認識，說明莫克還是有點本事的。」

雖然束濤清楚莫克搞定方晶肯定是借助了他提供的藥物，但是藥物只能用一次，如果這個女人最終不認可莫克，她甚至會因爲這個跟莫克翻臉。但是現在這個女人不但沒跟莫克翻臉，在公開場合還顯得跟莫克很親密，這只有一個解釋，那就是方晶接受了莫克。

這讓束濤十分詫異，莫克竟然可以搞定方晶這種出眾的女人，不能不說很令人意外。束濤心中甚至有幾分嫉妒。

張作鵬心中也很嫉妒，罵了句：「媽的，想不到一朵鮮花竟然插在牛糞上，老天也真是瞎了眼。」

束濤看了看張作鵬，說：「張董，你別光想著吃莫克的乾醋了，這個女人你就沒想做點什麼？」

張作鵬愣了一下，說：「束董，你什麼意思啊？我能做什麼啊？人家可是紅口白牙的拒絕了我的。」

束濤說：「此一時彼一時，當時的狀況跟現在已經有了很大的不同。你就沒想過莫克爲什麼會讓這個女人在這時候這麼高調的在海川露面嗎？他如果沒有什麼目的，爲什麼會選擇在雲泰公路項目招標開始前，讓這個女人來海川走這一遭？」

張作鵬想了想說：「難道莫克是想讓這個女人幫他做這項工程的白手套？不會吧？」

束濤分析說：「如果我猜得沒錯的話，你那次是去得太早了，方晶跟莫克還沒有就雲泰公路項目要怎麼操作形成方案，你就匆忙找上門去，方晶估計還有點摸不著頭腦，自然不敢應承你了，如果現在你再找上門去，肯定就會是另外一個結果了。」

張作鵬懷疑地看了束濤一眼，說：「你確定？」

束濤說：「我確定。」

張作鵬說：「你有什麼依據嗎？我跟你說，如果你沒什麼依據，我可不想再送上門去碰釘子。」

束濤笑了笑說：「你看看這個，就知道我不是跟你開玩笑了。」

束濤說著，就拿出一張名片遞給張作鵬，張作鵬接過去一看，只見上面清清楚楚的印著「鼎福俱樂部董事長、鼎福路橋建設諮詢有限公司總經理方晶」的字樣。

看了這個，張作鵬氣不打一處來，張口罵道：「這個臭婊子，竟然敢要我？這不明擺著是給雲泰公路項目拉皮條嗎？既然這樣，爲什麼還拒絕我？信不信我把這條財路給她攪了？」

束濤勸說：「你先別急著發火，人家要你什麼了？我猜得沒錯的話，你去找方晶的時候，她應該還沒成立這家所謂的諮詢公司。可能是你去了，給人家提了個醒，人家這才成立這家諮詢公司的。」

張作鵬聽了說：「你的意思是，這條財路還是我指點他們的？」

束濤說：「這條財路是不是因爲你指點他們才想到的，我不敢肯定，我敢肯定的是，

這家公司是最近才成立的。你不瞭解莫克這個人，他事先不設定好安全閥，是不會搞這些可能危及他地位的事的。」

張作鵬不屑的說：「這傢伙就是膽小，其實要出事的話，一家諮詢公司就能幫他擋得了災嗎，想得美。」

束濤說：「擋不擋得了是另一回事，但是有這麼一家公司在，莫克就會安心些。張董啊，你接下來準備怎麼操作這件事情啊？」

張作鵬想了一下，說：「這件事情似乎不能太急了，我已經被她拒絕過一次了，匆忙之間再找上門去，恐怕她一時轉不了圜，還是會拒絕我的。媽的，這件事被我一開始就辦糟了，加上莫克這人也是費勁，想要錢，拿就是了，卻又想當婊子又要立牌坊，讓大家跟著受罪。」

束濤說：「我也是這麼覺得的，上一次你確實去得冒失了，要不先暫時緩一下，等競標正式開始，看看形勢再說吧。」

張作鵬眉頭皺了起來，說：「等的話，我擔心會不會就排不上隊了，這種工程項目出來，很多人都想分一杯羹，甚至中字頭的企業都想染指的。」

束濤說：「不會吧，雲泰公路項目本來就不大，莫克又想分成幾個標段來發包，中字頭的企業怎麼會對這麼小的標段感興趣？估計他們大的項目還幹不完呢。」

張作鵬笑了，說：「你把中字頭的想得太好了，你不知道，其實他們很多都吃不飽，雲泰公路項目雖然標段很小，不過每個標段也是幾億的標的，拿到手，多少可以賺一點的。」

束濤聽了說：「原來是這樣啊，不過眼下還是不能急，如果你再去碰了釘子，怕是再就沒第三次機會了。」

張作鵬苦笑了一下，恨恨地說：「這倒也是。媽的，想不到這次被莫克和方晶這倆傢伙給拿住了。」

束濤建議說：「我看你先找北京的朋友幫你向方晶遞個話，就說你想請她幫忙參與雲泰公路項目，看看方晶是個什麼意思，然後再來想對策。」

張作鵬說：「眼下看來也只好這麼辦了。」

回到北京的方晶，在家裏小睡一番之後，下午就去鼎福俱樂部，進了自己辦公室。還是自己熟悉的地方好啊。工作人員接連進來請示，方晶一一安排處理完，方晶打開電腦，習慣性的去看股市行情。

在海川這幾天，因爲房間裏面沒電腦，方晶就沒再去關心股市行情。今天回來，她想看看海川重機是不是還處於停牌的狀態中。

方晶輸入股票代碼，海川重機的股票K線圖馬上就跑出來，方晶掃了一眼，呆住了，海川重機今天拉出一條很長的揚線，原來海川重機今天復牌了，一開盤就封死漲停。

海川重機復牌又一路漲停，對方晶來說本該是好事，但是方晶看上去卻沒有絲毫的喜悅之情。相反，她心中十分懊惱，她懊惱爲什麼自己不等到這天再來決定是不是要去海川？看海川重機現在這個表現，連續幾個漲停是很可能的。幾個漲停下來，就算湯言賺不到多少錢，起碼她的投資能收回來。早知道這樣，她又何必跑去海川受那種侮辱呢？

現在倒好，平白受了莫克的一番蹂躪，這邊的錢卻又回來了，方晶真不知道是應該怪自己立場不夠堅定，還是要怪老天爺老愛這麼捉弄她？

還有傅華，那天她是一時衝動打了他，但是他也不該恨她到再也不理她的程度啊，如果傅華能主動打個電話來，她就會跟傅華道歉，兩人就可能重修舊好，那樣她很可能就會把去海川的事跟傅華說，估計傅華一定會阻止她，不讓她去海川，那海川的事就不會發生了。

然而這麼些天，傅華連個電話都沒打來，好像根本忘記了她的存在，這怎麼不令人傷心呢？這個臭男人心就這麼硬？一個巴掌就讓他把她的好全都擱到腦後去了。

方晶猜想以傅華的消息靈通程度，一定已經知道她跟莫克發生的事。自己在傅華眼中將是一個更壞的女人，恐怕除了憎惡她，對她不會再有別的看法。想到這裏，方晶心中的恨意更加濃烈了。

正當方晶惱火的時候，傅華卻十分高興，他接到了湯言打來的電話，湯言一開口就說：「傅華，告訴你一個好消息，海川重機今天恢復交易了，而且一路漲停。」

傅華說：「是嗎，那真是太好了，你跟蒼河證券達成協議了嗎？」

湯言說：「是的，我同意出讓一部分股票給蒼河證券，大家聯手炒作海川重機，我想再配合發佈一些消息出來，搞它十幾個漲停板應該沒問題的。」

傅華笑說：「那恭喜你了。」

湯言說：「恭喜我什麼啊，不過是賺了點小錢而已。倒是要恭喜你和鄭莉，喜得貴子啊。這幾天我一直忙著處理海川重機的事，沒時間去看鄭莉，她應該挺好的吧？」

傅華說：「她恢復的不錯，挺好的。對了，海川重機復牌的事，你通知方晶沒有？」

湯言沒好氣的說：「沒有，我通知她幹什麼，她不會自己看啊！」

傅華勸說：「你別這樣，她畢竟是你的合作夥伴。」

湯言氣呼呼地說：「我沒這種合作夥伴，出了事，她不跟我同舟共濟，只會找上門來跟我鬧，這種人，打死我也不再跟她合作了。」

傅華忍不住說：「可是道義上你應該……」

湯言打斷傅華的話，說：「好了，別跟我談什麼道義了，她沒這個資格。反正我跟她有三個月的約定，三個月內互不打攪，三個月後我還她的錢就是了。你跟我囉嗦，是不是在心疼她啊？」

傅華趕忙說：「別瞎說，小莉就在旁邊呢。」

湯言呵呵笑了，說：「好啦，我不跟你說了。」

湯言剛掛了電話，傅華的電話再次響了起來。

鄭莉取笑說：「你還真是忙啊，電話一個接一個的。」

傅華看了看，是蘇南的電話，趕忙接通了。

蘇南笑說：「你在跟哪個美女聊天啊，我打了這麼久才打進去。」

傅華說：「不是，是一個朋友的電話。你找我什麼事啊，南哥？」

蘇南問：「你現在在哪裡啊？晚上方便出來吃頓飯嗎？」

傅華笑說：「南哥，我在醫院呢，吃飯可能有點不太方便。」

蘇南愣了一下，說：「你在醫院，出了什麼事，你病了嗎？」

傅華說：「不是，是小莉生了。」

蘇南聽了，詫異地說：「什麼，鄭莉生孩子了？你怎麼也不跟我說一聲啊？男孩女孩啊？」

傅華笑笑說：「是個男孩。」

蘇南高興地說：「恭喜你們了，誒，傅華，鄭莉在哪個醫院啊？我現在想過去看看她和孩子。」

半個多小時後，蘇南就帶著鮮花趕了過來。

蘇南看了孩子，三人又聊了會兒天，然後蘇南歉意地對鄭莉說：「鄭莉，我有個朋友想跟傅華見見面，晚上能不能放他兩小時的假，讓他跟我去見見那個朋友啊？」

鄭莉笑說：「南哥，您要帶傅華出去，帶他走就是了。我這邊還有人照顧，沒事的。」又看了看傅華說：「你就跟南哥去吧。」

傅華說：「那我就跟南哥去一趟，我會儘快趕回來的。」

傅華便跟蘇南一起離開醫院，上了蘇南的車，傅華問道：「是誰這麼厲害，竟然能指使得動你南哥啊？」

蘇南笑笑說：「是我從小一起長大的一個哥兒們，中鐵五局下面一家分公司的總經理。」

傅華聽了，說：「南哥，不用說，他是衝著雲泰公路項目來的吧？」

蘇南笑說：「你這傢伙真是聰明，一猜就中。」

傅華猶豫地說：「如果是爲了這件事，我還是不見他吧，這件事我幫不上什麼忙的。」

蘇南說：「也沒非要你幫他什麼忙，這是我的一個鐵哥們，他想瞭解一下這個項目，拜託到我這裏來，你就給我個面子，應酬他一下，好嗎？」

傅華說：「應酬是可以，不過我真是幫不上什麼忙的。」

蘇南說：「你能去，我就等於是完成任務了。」

請續看《官商鬥法》Ⅱ 12 道學偽君子

官商鬥法II 十一 權力大黑手

作者：姜遠方
發行人：陳曉林
出版所：風雲時代出版股份有限公司
地址：105台北市民生東路五段178號7樓之3
風雲書網：http://www.eastbooks.com.tw
官方部落格：http://eastbooks.pixnet.net/blog
Facebook：http://www.facebook.com/h7560949
信箱：h7560949@ms15.hinet.net
郵撥帳號：12043291
服務專線：(02)27560949
傳真專線：(02)27653799
執行主編：朱墨菲
美術編輯：吳宗潔

法律顧問：永然法律事務所 李永然律師
北辰著作權事務所 蕭雄淋律師

版權授權：蔡雷平
初版日期：2016年8月
初版二刷：2016年8月20日
ISBN ：978-986-352-348-2

總 經 銷：成信文化事業股份有限公司
地　　址：新北市新店區中正路四維巷二弄2號4樓
電　　話：(02)2219-2080

行政院新聞局局版台業字第3595號 營利事業統一編號22759935

定價：280元　　特惠價：199元

國家圖書館出版品預行編目資料

官商鬥法II / 姜遠方 著. -- 初版. -- 臺北市：
風雲時代，2016.01 -- 冊；公分

ISBN 978-986-352-348-2（第11冊；平裝）

857.7　　105006537